PROCÈS CÉLÈBRES

L'AFFAIRE

JULES FAVRE & LALUYÉ

SOMMAIRE

INTRODUCTION

La journée du 31 Octobre. — Jules Favre prisonnier de Félix Pyat et de Millière. — Félix Pyat et Millière arrêtés à leur tour. — Fausse dépêche : la prétendue victoire du général Cambriels. — Où est le faussaire? — Deux lettres de Millière. Les premières menaces. — Les quinze sous par jour et les femmes légitimes. — Un article de Félix Pyat. — Que celui qui est sans péché. — Amnistie et capitulation. — Le club de la Reine-Blanche. — La déclaration de guerre. — Les fascicules du *Vengeur*. — L'arrestation de M. Laluyé. — Lettre de M. Laluyé aux journaux. — Plainte en diffamation de M. Jules Favre.

LE PROCÈS

Audience de la Cour d'assises de la Seine du 6 septembre 1870. — Interrogatoire des prévenus. — La confession de M. Jules Favre. — Plaidoiries de Mes Senard, Jolibois et Lantiôme. — Conclusions du ministère public. — Arrêt.

Prix : 75 centimes

PARIS

EN VENTE CHEZ TOUS LES LIBRAIRES

ET DANS TOUS LES KIOSQUES

DÉPOT CENTRAL : 8, RUE DU CROISSANT

1871

PROCÈS CÉLÈBRES

L'AFFAIRE

JULES FAVRE & LALUYÉ

INTRODUCTION

I

Les débats récents qui ont eu lieu devant la Cour d'assises de la Seine, entre M. Jules Favre, député, membre de l'Académie française, ancien ministre des affaires étrangères, et M. Laluyé, son ancien ami, ex-avoué près la Cour de Paris, ont eu un grand retentissement qu'expliquent la situation respective des parties et le caractère de leurs griefs.

Par ses origines comme par les divers incidents au travers desquels elle s'est développée, cette cause, dès aujourd'hui célèbre, appartient à l'histoire de la Révolution du 4 septembre, dont elle est inséparable.

L'impulsion donnée aux audiences de la Cour d'assises par l'explosion subite des passions en présence, n'a pas permis que le jury ni l'auditoire fussent complétement instruits des circonstances, pres-que uniquement politiques, qui ont amené l'intervention des journaux dans les inimitiés privées de M. Jules Favre et de M. Laluyé. C'est pour combler cette lacune que nous allons faire connaître les préliminaires authentiques de la trop fameuse publication du *Vengeur*. Les pièces et documents qu'on va lire sont l'introduction naturelle au procès proprement dit, que nous reproduisons d'après les sources les plus sûres.

Le public trouvera donc réunies, dans le présent travail, toutes les pièces de cette grave affaire, classées avec méthode, reproduites avec exactitude et impartialité, depuis la première attaque venue du journal de M. Félix Pyat, à la suite de la journée du 31 octobre, jusqu'à l'émouvante confession de M. Jules Favre et à l'arrêt final qui a frappé, avec M. Laluyé, deux journaux qui avaient ouvert leurs colonnes à ses réclamations.

Le dossier est complet, et chacun

après l'avoir parcouru, pourra porter son jugement personnel sur les hommes et les choses engagés dans ce mémorable procès, qui est pour ainsi dire sans précédents dans nos annales judiciaires.

II

Les suites de la journée du 31 octobre.

On sait que, dans la journée du 31 octobre 1870, la Commune fut proclamée une première fois à l'Hôtel-de-Ville par un comité insurrectionnel dont MM. Félix Pyat et Blanqui étaient les principaux membres. M. Millière, ancien collaborateur de la *Marseillaise,* mais depuis quelque temps brouillé avec M. Henri Rochefort, fut désigné comme ministre des finances de ce gouvernement éphémère.

Quant aux membres du Gouvernement de la défense nationale, ils se laissèrent presque tous capturer par l'émeute. M. Jules Favre, entre autres, retenu prisonnier depuis six heures du soir jusqu'à trois heures du matin, eut à souffrir des menaces de voie de fait et d'ignobles avanies auxquelles il opposa la plus courageuse sérénité.

Dès qu'il eut été délivré par le patriotisme et l'élan de la garde nationale de l'ordre, le Gouvernement fit rechercher et arrêter les principaux coupables, parmi lesquels M. Félix Pyat et M. Millière. Le premier fut ensuite relâché vers le milieu du mois de novembre, mais la captivité de Millière dura beaucoup plus longtemps.

Il était indispensable de rappeler ces faits pour préciser les sentiments respectifs des personnages : sentiments de légitime indignation de la part de M. Jules Favre contre les auteurs des mauvais traitements qu'il avait subis dans la soirée du 31 octobre et dans la nuit du 1er novembre ; sentiments de rancune profonde et désir de vengeance de la part des insurgés du 31 octobre, contre l'un des chefs du Gouvernement qui les avait vaincus et emprisonnés.

Un incident mystérieux, aujourd'hui bien oublié, fut l'étincelle qui mit le feu aux poudres.

A la veille du plébiscite par lequel le Gouvernement de la défense nationale demandait aux Parisiens la confirmation de ses pouvoirs, trois journaux, *le Temps, le Soir* et *l'Electeur libre* reçurent une communication officielle qui annonçait une grande victoire du général Cambriels dans les Vosges. La victoire était de pure invention ; mais d'où venait la dépêche ? C'est ce qu'on n'a jamais su. Le Gouvernement crut devoir se disculper aux termes de la note suivante qui parut dans le *Journal officiel,* et que nous sommes obligés de reproduire, car elle est la clef des publications ultérieures de M. Millière :

« Le Gouvernement n'a envoyé de communication ni au *Temps,* ni à aucun autre journal. Il n'a malheureusement reçu aucune dépêche annonçant une victoire du général Cambriels.

» Une telle nouvelle, présentée sous cette forme, est évidemment, de la part de ceux qui ont surpris la bonne foi du journaliste, *une manœuvre compliquée de faux,* destinée à devenir, après le vote, le texte d'une accusation calomnieuse contre le Gouvernement.

» Une instruction est ordonnée ; elle fera connaître l'auteur de ce méfait.

» Les électeurs doivent se tenir en garde contre les bruits de toute nature qu'on pourrait répandre, les formules imprimées, les minutes et les cachets du Gouvernement ayant été *soustraits par les auteurs de l'attentat du 31 octobre.*

» Le ministre des affaires étrangères,
» chargé par intérim du ministère
» de l'intérieur,

» JULES FAVRE. »

Signalés par M. Jules Favre comme étant les auteurs certains d'une *soustraction* et d'une *manœuvre compliquée de faux,* les hommes du 31 octobre relevèrent le gant. L'article suivant, publié par le *Vengeur* du 25 novembre 1870, doit être considéré comme le manifeste portant déclaration de l'ouverture des hostilités qui amèneront, dix mois plus tard, le ministre des affaires étrangères du 4 septembre à s'expliquer publiquement devant la justice de son pays.

Voici la première attaque du *Vengeur:*

UN FAUSSAIRE

A Monsieur Jules Favre

Paris, 23 novembre.

Monsieur,

Parmi les manœuvres infâmes, imitées des procédés bonapartistes pour calomnier les républicains, il en est une que vous paraissez abandonner, après l'avoir habilement exploitée. Je veux parler de la prétendue victoire qui aurait été remportée par le général Cambriels dans les défilés des Vosges; nouvelle que le journal le *Temps* annonçait la veille de votre plébiscite comme lui ayant été communiquée par votre gouvernement.

On sait le parti que vous avez tiré de cette publication.

Dès le lendemain, vous avez fait insérer dans le *Journal officiel*, sous votre signature Jules Favre, et placarder sur les murs de Paris, un article dénonçant la nouvelle comme « une manœuvre compliquée de *faux*, » destinée à devenir, après le vote, le texte » d'une accusation calomnieuse contre le » Gouvernement. »

Vous ajoutiez : « Une instruction est or- » donnée, ELLE FERA connaître l'auteur du » méfait. »

Vous terminiez en disant : « Les électeurs » doivent se tenir en garde contre les bruits » de toute nature qu'on pourrait répandre; » les formules imprimées, les minutes et les » cachets du Gouvernement ayant été sous- » traits *par les auteurs de l'attentat du 31 oc- » tobre.* »

Et le *Journal officiel* faisait suivre son ar- ticle d'une note ainsi conçue : « A une heure » avancée de la nuit, la rédaction du *Temps* » nous communique le texte original de la » fausse nouvelle, que le ministre de l'inté- » rieur *dénonce à l'indignation publique.* Ainsi » qu'il est facile de le deviner, les auteurs » de cet audacieux mensonge ont employé, » pour mieux tromper, du papier *volé* à » l'Hôtel-de-Ville. »

Je n'insiste pas, aujourd'hui, pour faire ressortir l'odieux de cette manœuvre plé- biscitaire; mais, en mon nom comme au nom de mes coaccusés du 31 octobre, je veux savoir le résultat de l'instruction qui, selon votre promesse, FERA CONNAITRE *l'au- teur de ce méfait*; et je vous préviens, Mon- sieur, que si vous avez si bien su entrer dans la voie de M. Emile Ollivier, vous n'en sor- tirez pas aussi facilement.

Le 10 novembre, l'*Electeur libre* disait : « On est sur la trace du *faussaire* qui avait » inventé la nouvelle de la victoire du géné-

» ral Cambriels, et *son nom va être prochai-* » *nement livré à la publicité.* »

Eh bien, je le déclare franchement, une affirmation de vous, monsieur Jules Favre, fût-elle renouvelée par M. Arthur Picard, ne saurait suffire à la légitime curiosité du public, et, pour mon propre compte, j'ai le droit d'exiger que vous veniez justifier vos imputations.

Vous avez, en effet, monsieur Jules Favre, l'accusation trop facile. *Vous parlez de faux comme un homme qui n'aurait fait que cela toute sa vie.*

Un jour, c'est M. Portalis que vous accu- sez de nouvelles fausses et que vous faites jeter en prison; après quoi, il faut le relâ- cher et reconnaître que le plus faussaire de vous deux n'est pas celui qui fut em- prisonné.

Un autre jour c'est un grand citoyen, Fé- lix Pyat, qui, pour avoir révélé les négo- ciations de votre glorieux Bazaine, relatives à la reddition de Metz, est dénoncé par vous, monsieur Jules Favre, toujours à l'indigna- tion publique, comme ayant dirigé, con- tre ceux qui défendent la France « une double accusation aussi infâme qu'elle est fausse. »

Une autre fois...

Mais arrêtons-nous ici pour aujourd'hui. Vous ne l'ignorez pas, Monsieur, l'énumé- ration sera longue. Nous y reviendrons puis- que vous le voulez.

En attendant, je vous réitère ma ques- tion :

Quel est l'auteur de la fausse nouvelle, si éloquemment dénoncé par vous à l'opinion publique? Quelle preuve avez-vous que l'auteur de ce méfait soit l'un des auteurs de ce que vous appelez l'*attentat du 31 oc- tobre?*

Des journaux annoncent que les magis- trats sont impuissants à instruire cette affaire, et qu'elle sera probablement close par une ordonnance de non-lieu.

Je le crois sans peine, et vous aussi, n'est- ce pas! Mais, je vous le répète, Monsieur, que cela ne suffira pas aux accusés du 31 octobre. Si vous ne faites pas poursuivre le coupable, nous nous chargerons, nous, de l'instruction, et nous signalerons, bien réel- lement, cette fois, l'auteur du *méfait*, LE FAUSSAIRE, *à l'indignation publique.*

Indépendemment de la fausseté des accu- sations que vous n'avez pas craint de lancer contre M. Portalis, contre Félix Pyat, contre les républicains que vous persécutez avec tant de haine et de perfidie, *il y a de bonnes raisons pour ne pas se contenter de vos affir- mations;* et, vous le savez, Monsieur, ces raisons sont telles que *pas un honnête homme,* qu'il soit royaliste ou républicain, n'en méconnaîtra ni la gravité ni l'*authenticité*.

Recevez, Monsieur, l'expression des sentiments que je vous dois.

MILLIÈRE.

Les insinuations offensantes, à peine voilées dans la lettre de M. Millière, ne furent pas même aperçues par les journaux de ce temps-là. M. Millière revint alors à la charge et publia un second article, le 29 novembre, dans le même journal le *Vengeur* :

LE FAUSSAIRE

A M. Jules Favre, membre du Gouvernement dit de la défense nationale.

27 novembre.

Monsieur,

Vous n'avez pas répondu à ma lettre du 23 de ce mois, et je lis dans un journal que « l'instruction ouverte sur la publication de la fausse nouvelle d'une victoire remportée par le général Cambriels vient de se terminer par un non-lieu. »

Je le savais d'avance, tout aussi bien que vous, Monsieur; mais vous vous trompez si vous croyez vous sauver par cette échappatoire.

Vous avez *dénoncé à l'indignation publique* l'auteur d'une *manœuvre* compliquée de *faux. Il faut que votre propre sentence s'exécute.* Vous avez affirmé que cet *audacieux mensonge* avait été pratiqué à l'aide du papier *volé* à l'Hôtel-de-Ville par les auteurs de ce que vous appelez l'*attentat du 31 octobre.* — Vous devez justifier votre accusation.

Vous avez promis positivement, comme un résultat dès lors acquis d'une manière certaine, que l'instruction ferait *connaître* l'auteur du méfait. — Je vous somme de tenir votre promesse.

Oh ! je sais que vous n'avez pas l'habitude de répondre à de semblables interpellations. Ce n'est pas la première fois que vous invoquez votre prétendue dignité pour éluder vos obligations; et la haine avec laquelle vous vous vengez de la bonté, de la commisération dont nous vous avons accablé, alors que, dans cette nuit du 31 octobre, vous étiez courbé – pâle, tremblant, atterré — sous notre main trop fraternelle, attesterait une fois de plus, s'il en était besoin, quel cas vous faites de vos engagements, même les plus sacrés.

Mais si vous ne révélez pas les indices qui ont motivé vos affirmations, j'en conclurai que ces indices n'existaient pas, et que, par conséquent, *l'audacieux menteur,* c'est vous, monsieur Jules Favre.

Si vous ne signalez pas l'auteur de la *manœuvre* compliquée de *vol* et de *faux,* je le rechercherai, moi, et vous verrez, monsieur Jules Favre, que je le découvrirai.

Nous nous demanderons, comme aurait dû le faire votre juge d'instruction, à qui la fausse nouvelle et le démenti devaient profiter, et nous reconnaîtrons que votre gouvernement y avait seul intérêt.

Puis, toujours selon la méthode judiciaire, nous rechercherons, dans les antécédents, quel est l'homme qui, y étant intéressé, *est capable de commettre les crimes de faux, de vol, dont vous nous accusez,* et, je l'ai déjà dit, les preuves que je possède sont nombreuses, *elles sont authentiques... et elles sont en lieu sûr.*

Ce n'est pas, croyez-le bien, que je veuille faire envoyer aux galères l'auteur de ces crimes. *Par la prescription* il échappe aux conséquences de plusieurs, et je suis convaincu que le ministère public ne poursuivra pas la répression de ceux qui remontent à moins de dix ans; mais, selon votre formule favorite, je le dénoncerai à l'indignation publique, et elle en fera bonne justice.

J'attends donc toujours la preuve que vous nous avez promise, ou au moins les indices sur lesquels vous avez fondé l'odieuse accusation dirigée contre nous.

Plus que nous-mêmes, notre malheureuse France est intéressée à connaître le faussaire. Au moment où une abominable trahison s'organise dans l'ombre, il faut que la lumière se fasse et que les masques tombent.

Je vous réitère, Monsieur, l'expression des sentiments qui vous sont dus.

MILLIÈRE

III

Les deux lettres de M. Millière demeurèrent sans action sur le public, qui ne s'arrêta pas à des allusions insaisissables pour lui. L'attention ne commença à s'éveiller que lorsque M. Félix Pyat en personne reprit la croisade contre M. Jules Favre, à propos d'un autre incident politique.

Le Gouvernement avait, à la date du 29 novembre, rendu un décret qui accordait une indemnité quotidienne de 75 centimes aux femmes des gardes nationaux en activité de service. Un avis sur papier rose, répandu par les soins des mairies, faisait connaître les formalités à remplir *par les femmes légitimes* pour toucher cette indemnité. Cette réglementation ne fut pas goûtée par les feuilles démagogiques. M. Félix Pyat se répandit en commentaires fort amers contre ce qu'il appelait le « décret rose » et son article du 9 décembre se résumait par les lignes suivantes, qui continuent les accusations et les menaces de Millière ; il s'agit, qu'on ne l'oublie pas, des femmes irrégulières, tranchons le mot, des concubines de messieurs les gardes nationaux parisiens :

« Ce décret les réprouve de même sans justice ; car si le bâtard de la femme illégitime est bon pour le service, et il l'est comme le fils de la femme légitime, ni plus ni moins, pourquoi donc la mère de l'enfant naturel n'aurait-elle pas, comme la mère de l'autre, droit aux 75 centimes ?...

» Et que répondraient les boulangers et les mitrons de l'Hôtel-de-Ville, si ces affamées allaient leur demander du pain ? Si elles portaient aux puritains du pétrin, pardon ! du sanhédrin provisoire, ce terrible mot de l'Evangile : *Qui sine peccato...* que celui qui est sans péché !...

» Notre société est si gâtée que la réponse serait difficile.

» En effet, il court certains bruits étranges autour de ce décret rose. *On parle d'avocats plaidant sur le même mur mitoyen, de recettes données par des amants heureux à des maris reconnaissants, de faux testaments en faveur de pères putatifs, et mille autres médisances dont la vie privée des hommes publics n'est pas exempte, et qui transpirent au delà de leur maison murée.*

» Qu'ils y prennent garde ! *Les mains qui ont signé le décret doivent être nettes et pures, doivent prêcher l'exemple* ou l'abroger immédiatement. Sinon, qu'ils prennent bien garde que les pierres vengeresses cassent les vitres de leur maison, et que les réprouvées ne leur crient : Que celui qui est sans péché nous refuse le premier morceau de pain ! — Félix Pyat. »

On ne peut douter que, dès cette époque, les rédacteurs du *Vengeur* n'eussent entre les mains les pièces qu'ils n'ont publiées qu'après la capitulation de Paris. On verra, dans la suite des débats en Cour d'assises, que M. Lalnyé se vante d'avoir retardé, par patriotisme, un éclat qui pouvait nuire à la défense en déconsidérant le Gouvernement dans la personne d'un de ses membres ; rien n'autorise à révoquer en doute ses assertions à cet égard.

Un silence complet fut en effet gardé par le *Vengeur* et par M. Millière au sujet de M. Jules Favre, depuis les premiers jours de décembre 1870 jusqu'aux premiers jours de février 1871.

Mais la capitulation est signée ; les portes de Paris sont rouvertes ; les électeurs sont convoqués pour la nomination d'une Assemblée. Rien n'arrête plus les hommes du *Vengeur*. Un incident de la réunion électorale de la Reine-Blanche, à Montmartre, dans la soirée du 5 février, fut l'éclair qui précède le coup de foudre. M. Millière, quoique placé sous le coup de poursuites judiciaires, osa paraître dans cette réunion, et, après quelques explications personnelles sur ses démêlés avec la *Marseillaise,* il motiva sa sortie en ces termes, que nous extrayons du compte rendu publié par le *Journal des Débats :*

« Citoyens, je me retire, car je ne suis pas en sûreté. Ce n'est pas que je craigne d'être traîné dans les prisons des successeurs de l'Empire. Non ! mais je redoute les perquisitions. (Mouvement de curiosité.) J'ai entre les mains des pièces d'une importance extraordinaire. (Cris !) Lisez-les ! lisez-les !) Je ne les ai point sur moi, mais — et c'est ce qui explique l'acharnement avec lequel certaines gens s'efforcent de me déshonorer, — j'ai la preuve que... (Mouvement d'ardente curiosité) que Jules Favre n'est autre chose qu'un forçat non libéré. » (Cette révélation stupéfiante provoque d'abord quelques signes d'incrédulité, auxquels succèdent bientôt des applaudissements frénétiques. — Cris : Ça doit être vrai ! Il nous a vendus.) »

L'éclat était fait ; toutes les vitres étaient brisées. Deux jours après, le *Vengeur* publia ce qu'il appelait les fascicules de M. Jules Favre, composés de pièces authentiques, la plupart collationnées sur les registres de l'état civil des diverses mairies de Paris.

IV

La publication du Vengeur

Elle avait gardé le titre donné aux deux précédentes communications de M. Millière, *le Faussaire.*

Nous la reproduisons dans sa teneur originale, en faisant remarquer que les explications dont M. Millière accompagne chaque pièce se rapportent aux épisodes du 31 octobre et jours suivants, sur lesquels nous avons appelé l'attention du lecteur.

———

« PREMIER FASCICULE

On nous a communiqué les lettres suivantes, adressées au vice-président du Gouvernement, avec les pièces authentiques à l'appui :

Monsieur Jules Favre,

Des affiches que vous avez fait placarder sur les murs de Paris, et des articles que vous avez insérés dans le *Journal officiel*, après la journée du 31 octobre, il résultait évidemment, pour tout le monde, que l'un des accusés de cet attentat était un faussaire, que vous le connaissiez, et que l'instruction démontrerait sa culpabilité ; puis, quand cette manœuvre plébiscitaire eut produit ses effets, vous avez cru vous en débarrasser au moyen d'une ordonnance de non-lieu.

Je vous l'ai dit, Monsieur, cela ne peut pas se terminer ainsi.

Vous avez indignement violé les promesses solennelles que vous aviez faites au peuple, lorsqu'il est allé vous signifier la révocation d'un mandat dont vous aviez abusé d'une façon si désastreuse pour la République, et c'est nous que vous osez accuser d'attentat à la République, et à qui vous interdisez l'exercice des fonctions que nous ont conférées les libres suffrages de nos concitoyens.

Vous allez plus loin, afin de dissimuler votre félonie, vous avez cherché à donner le change à l'opinion en nous flétrissant par d'odieuses calomnies ; vous avez essayé de soulever contre nous l'indignation publique, en nous dénonçant officiellement comme des faussaires et des voleurs.

Si vous avez l'audace de nous traduire devant les tribunaux, nous verrons quels sont ceux qui ont commis un attentat contre la République ; quels sont ceux qui ont provoqué à la guerre civile, qui ont fait les arrestations arbitraires, et nous démontrerons que vous et vos complices, vous êtes seuls rendus coupables de ces crimes.

En attendant, je vais prouver que le faussaire, c'est vous, monsieur Jules Favre.

De même que vous avez fabriqué le démenti frauduleux, si insolent et si provocateur, adressé au citoyen Félix Pyat, à propos de la trahison du « glorieux » Bazaine, de même, c'est vous qui êtes l'auteur de la fausse nouvelle d'une victoire dans les Vosges.

C'est vous, car c'est vous qui aviez intérêt à inventer cette fausse nouvelle, ainsi que le prouve la perfidie avec laquelle vous vous êtes empressé de l'exploiter.

C'est vous enfin, parce qu'à l'œuvre on reconnaît l'artisan, et que j'ai là, sous mes yeux, une liasse de pièces qui montrent que tous les actes de votre vie sont marqués au coin du mensonge et de la fourberie, et que jamais, pour satisfaire votre intérêt ou vos passions, vous n'avez reculé devant le faux et tous les genres de manœuvres frauduleuses.

Ces documents, je les possède depuis longtemps, bien que, dès l'année dernière, j'eusse un intérêt personnel à les jeter à la face, afin de repousser les calomnies et les outrages dont vous et vos amis m'avez abreuvé, à propos de la réunion privée du boulevard de Clichy, je n'avais pas voulu en faire usage, parce que le rôle d'accusateur public m'a toujours inspiré la plus vive répugnance, et, encore aujourd'hui, je laisserais au temps le soin de vous démasquer, si vous ne m'aviez mis dans la nécessité de le faire.

Poursuivis par vos agents pour les crimes dont vous même êtes l'auteur, les accusés du 31 octobre sont dans le cas de légitime défense.

Le salut de la patrie m'en fait d'ailleurs un impérieux devoir.

Il importe, en effet, de vous arracher le masque d'hypocrisie à l'aide duquel vous avez capté une confiance dont vous faites un usage si fatal à la France.

Nous verrons si, après ces révélations, il se trouvera des hommes assez peu soucieux de leur honneur et de leur dignité pour vous admettre dans leurs conseils, et si Paris laissera plus longtemps le sort de la nation en des mains pareilles aux vôtres.

Le plus difficile n'est pas de démontrer votre indignité, mais de mettre de l'ordre dans le classement des actes si nombreux qui la constituent. Je suivrai la méthode que vous avez adoptée pour la publication des pièces trouvées aux Tuileries.

Ce premier fascicule se bornera à prouver que vous êtes bien et dûment convaincu d'être un faussaire en écriture publique et authentique.

PREMIÈRE PIÈCE

Département de la Seine. — Extrait des registres des actes de naissance du 1er arrondissement.

Du 6 novembre 1855, acte de naissance de Marie-Thérèse-Geneviève, née à Paris, rue Saint-Honoré, 420 bis, hier à 5 heures 40 minutes du matin; *fille de* Claude-Gabriel-Jules Favre, *propriétaire,* âgé de 46 ans, et de Jeanne Charmont, *son épouse,* propriétaire, âgée de 44 ans, domiciliés tous deux au domicile susdit, *mariés à Dijon* (Côte-d'Or).

Déclaration faite devant nous, maire, officier de l'état civil du 1er arrondissement de Paris, par le père de l'enfant, assisté de Louis-Alphonse Odiot, propriétaire, et de Franck-Sain..., lesquels et le père ont signé avec nous, après lecture faite.

Signé : F. Sain, Jules Favre, A. Odiot et Frottin.

Or, les énonciations de cet acte, en ce qui concerne les père et mère sont trois fois, fausses, et si vous avez produit votre acte de mariage, cet autre acte est aussi un faux. En voici la preuve :

—

DEUXIÈME PIÈCE

Mairie de Dijon (Côte-d'Or)

Dijon, le 14 août 1869.

Monsieur, j'ai l'honneur de vous faire connaître, en réponse à votre lettre du 7 de ce mois, que de 1839 à 1855, inclusivement, il n'existe sur les registres de l'état civil de Dijon aucun acte de mariage qui soit applicable à M. Favre (Claude-Gabriel Jules) et Mme Charmont (Jeanne). Ci-joint l'acte de naissance que vous m'avez communiqué.

Recevez, Monsieur, etc.

Le maire de Dijon, signé : Joliet.

Et n'espérez pas, Monsieur, profiter de la circonstance que toute vérification serait aujourd'hui impossible avec Dijon pour dire que cette lettre est une *manœuvre compliquée de faux;* qu'elle a été fabriquée *avec du papier volé à l'Hôtel-de-Ville par les auteurs de l'attentat du 31 octobre,* car elle porte la preuve de son authenticité.

D'ailleurs, si vous étiez marié avec madame Jeanne Charmont, vous seriez bigame, car cette dame était déjà mariée à un sieur Vernier, qui est encore aujourd'hui vivant, et pour pouvoir contracter ce second mariage, il vous eût fallu fabriquer un faux

acte dudit sieur Vernier. Voici un document qui ne laisse aucun doute à cet égard.

—

TROISIÈME PIÈCE

Département de la Seine, extrait des registres des actes de naissance du neuvième arrondissement.

L'an 1839, le 6 mars, devant nous, etc., est comparu Louis-Adolphe Vernier, marchand de drap, âgé de 31 ans, demeurant à Paris, rue Saint-Antoine, n° 184, lequel nous a déclaré qu'hier, à 10 heures du soir, est née à son domicile, et issue de lui et de dame Jeanne Charmont, son épouse, même profession, âgée de 27 ans, demeurant avec lui, une fille qu'il nous a présentée à l'instant, et à laquelle il a donné les prénoms de Pierrette-Marie-Berthe. En présence de...

Berthe Vernier s'est mariée le 24 mars 1860. Voici comment, dans un acte de mariage, dressé à la mairie du 2e arrondissement, est formulée la partie relative au consentement des père et mère.

—

QUATRIÈME PIÈCE

Par devant nous, etc., sont comparus Pierre-Antoine-Marie-François Sain, etc., et Pierrette-Marie-Berthe Vernier, née à Paris, sur le 9e arrondissement, le 5 mars 1839, sans profession, demeurant avec sa mère, à Paris, rue d'Antin, 19, majeure, fille de Louis-Adolphe Vernier, courtier impérial, demeurant à Alger, rue de la Marine, n° 8, consentant par acte passé par devant Me Auger, notaire audit lieu, le 16 janvier dernier, et de Jeanne Charmont, son épouse, présente et consentant.

Lesquels nous ont requis de procéder à la célébration de leur mariage, etc.

Et vous ne pourrez pas prétendre, monsieur Jules Favre, que vous ignoriez, soit le mariage de Jeanne Charmont, soit l'existence de son mari, car nous verrons plus tard que vous saviez tout cela, et que, suivant que vous y aviez intérêt, vous faisiez passer le sieur Vernier pour mort, ou vous faisiez procéder contre lui, à un domicile imaginaire que votre fantaisie lui supposait à Paris, afin de lui cacher des actes qu'il avait le plus grand intérêt à connaître.

Ainsi, monsieur Jules Favre, c'est bien vous qui êtes un faussaire; et comme vous l'avouez dans une lettre, CETTE MORTELLE FAUTE, AJOUTÉE A TANT D'AUTRES, A BIEN SOUVENT TROUBLÉ VOTRE REPOS; car, en votre qualité d'avocat, vous le saviez, le Code pénal y attache la peine de cinq ans à vingt ans de travaux forcés, et, même en cas d'impunité, vous sentiez, vous l'avez écrit, que si vos crimes étaient divulgués, vous seriez condamné au suicide ou à mener UNE EXISTENCE JUSTEMENT MÉPRISÉE.

Ajoutons un dernier trait non moins caractéristique.

Vous êtes dévot, monsieur Jules Favre ; vous pratiquez, vous suivez la procession, vous allez à confesse, chacun le sait ; on pourrait donc croire que le crime consommé devant l'officier de l'état civil, vous ne l'avez pas osé au pied des autels. Eh bien ! il faut que vos amis renoncent encore à cette illusion ; le faux que vous avez commis devant le magistrat civil, dans un acte authentique, vous l'avez répété dans un acte de sacrement, devant votre Sainte Mère l'Eglise.

Ce n'est pas sans peine que j'ai pu me renseigner sur ce point, car, grâce à votre affiliation à la société de Jésus, vous êtes protégé par *monseigneur* l'archevêque, et à la sacristie de la Trinité, votre paroisse, on refuse, par ordre, toutes communications d'actes faits par vous. Mais voici ce que j'ai trouvé dans une commune voisine.

—

CINQUIÈME PIÈCE

Eglise paroissiale de Saint-Pierre et Saint-Paul de Rueil. Extrait des registres des actes de baptêmes.

Le 27 du mois d'avril 1856 a été baptisé par nous, curé soussigné, Emilie-Thérèse-Geneviève, née le 5 novembre dernier, de M. Gabriel-Jules Favre, avocat à la Cour impériale, et de dame Jeanne Charmont, *son épouse.*

Le parrain a été M. Alphonse-François ODIOT, propriétaire, etc. Signature : Odiot, E. Favre, Jules Favre, J. Charmont, etc.

Il serait beau, sans doute, de vous voir plaider les circonstances atténuantes avec cette rhétorique larmoyante dont vous avez tant abusé pour trahir la République ; mais, je vous en avertis, ne venez pas invoquer ici vos grands sentiments, ne parlez pas de *votre cœur,* car on le verra bientôt, vos crimes de faux, de bigamie, de suppression d'état, et ceux qu'il me reste encore à dévoiler, ont eu pour résultat de vous enrichir ; et ce n'est que depuis leur succès que vous vivez dans l'opulence, que vous avez eu un hôtel, des chevaux, un nombreux domestique. C'est ce que démontreront les fascicules ultérieurs.

MILLIÈRE.

« DEUXIÈME FASCICULE

Monsieur Jules Favre,

Dans ma dernière lettre, j'ai produit les documents authentiques qui prouvent que vous êtes un faussaire en écriture publique, et que, par conséquent, vous avez encouru la peine des travaux forcés à temps, d'où il résulte que le sort de la France est actuellement entre les mains d'un galérien, ou, ce qui est pire encore, d'un criminel qui n'a pas expié ses forfaits, et qui n'a pas même le mérite d'un forçat libéré.

Il me reste à démontrer que vous avez eu recours à des moyens plus infamants encore pour vous assurer le bénéfice de vos crimes, et que l'opulence dont vous jouissez en est le résultat.

Ce second fascicule contient la suite des actes par lesquels vous l'avez préparé.

Ces actes peuvent être envisagés à un triple point de vue.

Il va sans dire que je n'ai nullement l'intention de m'ingérer dans votre vie privée.

Même sous le rapport moral, vos actions publiques échapperaient à toute critique si, accomplies loyalement, se on les inspirations de la conscience, elles ne se trouvaient pas en contradiction flagrante avec vos hypocrites démonstrations de respect pour les préjugés sociaux et les superstitions religieuses.

Mais chacun a le droit d'examiner au point de vue juridique les actes qui vous caractérisent, et mes intérêts de citoyen et d'accusé m'en font un devoir.

Le sieur Vernier plaidait en séparation de corps contre Jeanne Charmont, sa femme, lorsque celle-ci s'adressa à vous pour défendre sa cause.

Peu de temps après, vous vous présentiez à la mairie et vous y faisiez dresser l'acte que voici :

—

SIXIÈME PIÈCE

Département de la Seine, extrait du registre des actes de naissance du premier arrondissement, du 25 novembre 1845, à une heure du soir.

Acte de naissance de Jeanne-Gabrielle-Marie-Cécile, présentée et reconnue être du sexe féminin, née à Paris, rue de Ponthieu, n° 3, le 22 du courant, à quatre heures du soir, *fille de père non dénommé* et de Jeanne Charmont, rentière, âgé de trente-deux ans.

Déclaration faite par devant nous, maire o

ficier de l'état civil du premier arrondissement, par C. Deramont..., assisté de Jules Favre, avocat, âgé de trente-six ans, demeurant rue de Choiseul, n° 9.

Pourquoi ce père non dénommé? Vous êtes avocat, maître Favre. Vous ne pouvez pas ignorer l'article 312 du Code civil : l'enfant conçu pendant le mariage a pour père le mari.

C'est là l'état de l'enfant, et vous saviez que tout acte qui tend à le lui enlever est un crime que les lois punissent de peines infamantes. C'est l'une des formes du faux.

Et c'est vous, vous qu'on ne peut plus qualifier justement sans outrage, c'est vous, faussaire, qui avez l'impudence de nous accuser, de nous diffamer officiellement, d'user, pour nous calomnier avec impudence, de la position que nous vous avons nous-mêmes confiée. Mais ce n'est pas tout.

—

SEPTIÈME PIÈCE

Département de la Seine

L'an 1849, le mardi 28 août, à 9 heures du matin, devant nous Etienne Raspel, adjoint au maire de la commune de Sceaux, officier public de l'état civil, a comparu Gabriel-Jules Favre, âgé de quarante ans, avocat à la Cour d'appel, domicilié à Paris, rue de Choiseul, n° 9.

Lequel nous a présenté un enfant du sexe masculin, né le 24 de ce mois, à 11 heures et demie du soir, à la maison de campagne par lui habitée dans cette commune, rue floula, n° 6, *de lui déclarant et de Mademoiselle Jeanne Charmont*, âgée de 36 ans et demeurant dans la maison sus-désignée, non mariés.

Auquel enfant M. Jules Favre déclare donner les prénoms de Marie-Jean-Baptiste-Louis Jules, etc.

Ainsi, vous ne vous bornez plus, comme dans l'acte précédent, à supprimer l'état d'un enfant légitime, vous donnez à celui-ci l'état d'enfant adultérin. Il ne vous suffit plus de dire que l'enfant de la femme Vernier n'a point de père, vous lui attribuez un père autre que le mari de la mère.

On le voit, nous marchons sur une route qui semble, à chaque étape, ornée d'une nouvelle *manœuvre compliquée de faux;* et n'était la différence résultant de votre élévation politique, qui vous permet d'employer les colonnes de l'*Officiel*, les murailles de Paris, et la servilité de votre commis à la préfecture de police, il n'apparaît pas que vous ayez fait de nouveaux progrès dans cet art où vous vous étiez déjà montré si habile, longtemps avant la fameuse nouvelle que

vous avez imaginée pour les besoins de votre plébiscite et de vos rancunes.

Mais nous sommes encore loin du but. Jusqu'ici nous n'avons trouvé que des manœuvres compliquées de faux, nous allons les voir compliquées d'escroqueries.

Dans l'acte du 24 novembre 1845 (pièce n° 6), vous aviez dépouillé Jeanne-Gabrielle-Marie-Cécile Vernier de toute paternité : vous n'aviez alors aucun intérêt à lui en donner une. Mais treize ans après, vous savez que cette jeune fille va être appelée à recueillir une part dans l'opulente succession d'un célibataire dont la santé déclinait à vue d'œil ; c'est alors qu'avec cet élan de cœur, qui ne vous abandonne jamais, vous prenez la résolution de vous attacher à elle par les liens de la paternité.

—

HUITIÈME PIÈCE

Par acte passé devant Me Auront-Tiéville, notaire à Paris, en présence de témoins, le 19 mai 1858, enregistré, Claude-Gabriel-Jules Favre a reconnu pour sa fille l'enfant inscrit ci-contre.

La présente mention, faite sur avis, par nous, greffier soussigné, ce 6 juin 1867.

Signé : Penaud.

Peut-être devrais-je, après la preuve de la reconnaissance effectuée par vous, de deux enfants nés pendant le mariage des époux Vernier, indiquer de suite l'usage que vous en avez fait pour vous approprier une fortune considérable, car c'est là une de vos plus savantes manœuvres compliquées de faux et d'escroqueries ; mais je ne peux pas interrompre l'exposition de l'interminable série des actes frauduleux dont vous avez rempli les greffes et les sacristies. Voici d'abord l'acte de mariage de la jeune Gabrielle Vernier, reconnu par vous la veille du jour où vous saviez qu'une succession allait lui échoir.

—

NEUVIÈME PIÈCE

Préfecture de la Seine. — Extrait du registre des actes de mariages du 8e arrondissement.

Le 17 juillet 1867, à dix heures du soir, acte de mariage de P... M... Delrio... et de Gabrielle-Marie-Cécile Favre, sans profession, née à Paris, le 22 novembre 1845, y demeurant avec son père, rue d'Amsterdam, n° 87, fille majeure de Claude-Gabriel-Jules Favre, avocat, membre du Corps législatif et de l'Académie française, âgé de cin_ quante-sept ans, présent et consentant, et de Jeanne Charmont DONT L'EXISTENCE EST IGNORÉE.

Cet acte, entaché de faux comme tous les autres, a cependant un caractère plus décidé ; on y voit que l'habitude vous a tout à fait familiarisé avec la fraude ; vous dédaignez les timidités auxquelles vous avez quelquefois cédé dans les actes antérieurs, et vous êtes désormais parfaitement préparé aux audaces des manœuvres frauduleuses et compliquées de faux que vous pratiquerez contre la République et ses défenseurs.

Ainsi, dans l'acte du 17 juillet 1867, vous ne déguisez plus vos qualités sous le titre banal de *propriétaire*, vous les étalez, au contraire, avec complaisance. Ensuite, on ne parle plus de l'acte par lequel vous vous êtes attribué la paternité de cette jeune fille, vous en êtes carrément le père. LE PÈRE qui marie SA FILLE, c'est M. Jules Favre, avocat, membre du Corps législatif et de 'Académie française.

La mère y est désignée aussi peu que possible ; toutefois, c'est toujours Jeanne Charmont, mais l'officier de l'état-civil, s'étonnant de ne pas la voir pour donner son consentement, s'informe de la cause de cette absence, et vous lui répondez avec votre assurance imperturbable : On ne sait ce qu'elle est devenue ; en conséquence, on écrit dans l'acte : Son existence est ignorée, et l'on passe outre.

Je ne méconnais pas l'habileté de cette *manœuvre compliquée de faux*. Jeanne Charmont n'était, à l'égard de son mari, qu'en rupture de ban, et l'on a pu remarquer que cette femme, qui affectait une très-grande dévotion, s'est constamment tenue à l'écart de tous les faux que vous avez commis. Or, si elle eût été présente à l'acte de mariage de sa fille, on aurait pu, de question en question, arriver jusqu'au sieur Vernier, et dévoiler les mystères de la succession O... Vous avez senti le danger ; pour l'éviter, vous avez du même coup supprimé la femme et son mari, le père et la mère.

Cet acte n'est pas seulement une *manœuvre compliquée de faux* destinée à vous enrichir, c'est encore un mariage nul, puisque le père légal n'y a pas consenti. Et qu'arriverait-il, je vous le demande, maître Favre, si l'un de vos émules s'avisait de reconnaître par-devant notaire les enfants qui peuvent naître de cette union.

Dès longtemps, je le sais, vous avez eu le soin de faire répandre le bruit de la mort du sieur Vernier ; mais cette autre manœuvre est aussi mensongère que les précédentes. En voici la preuve :

DIXIÈME PIÈCE

Mairie de la ville d'Alger.

Alger, le 10 septembre 1869.

M..., je m'empresse de vous faire connaître que le nommé Vernier (Louis-Adolphe), courtier maritime, dont vous me demandez l'acte de décès, est parfaitement vivant et n'est même pas dans un état de santé qui puisse faire présumer sa fin prochaine.

Si vous prétendez que cette lettre a été fabriquée *avec du papier volé à l'Hôtel-de-Ville*, au moins ne pourrez-vous pas dire que c'est par *les auteurs de l'attentat du 31 octobre*. Néanmoins, comme il pourrait vous arriver de risquer un démenti indigné, ainsi que vous savez si bien les donner, j'ajoute deux documents :

ONZIÈME PIÈCE

(Extrait d'une lettre écrite d'Alger en juin 1870.)

L'époux de Mme Jules Favre est ici, et ses habitudes le portent à marcher en zig-zag dès le matin. Quand il a soif, il écrit à Paris qu'il arrivera, et on lui envoie de quoi se rafraîchir. Quand le grand homme est ici, il voit constamment son associé.

DOUZIÈME PIÈCE

(Ville de Rueil. État civil.)

Du 11 juin 1870, à neuf heures du matin.
Acte de décès de Jeanne Charmont, sans profession, âgée de cinquante-huit ans, née à Verisey (Saône-et-Loire), décédée à Rueil, en son domicile, boulevard de Saint-Cloud, n° 3, hier, à quatre heures du soir, *épouse de M. A. Vernier, domicilié en Algérie*.
Les témoins ont été, etc.
Le maire : ADRIEN CARMAIL.

Donc, plus de dénégations possibles, monsieur Jules Favre, et vous devez désormais renoncer à vos démentis. Il résulte de ce qui précède : que le sieur Vernier est bien vivant, et que sa femme, Jeanne Charmont, cette mère que dans l'acte de mariage de Gabrielle Vernier vous déclariez être inconnue, vivait avec vous, dans votre hôtel de la rue d'Amsterdam et dans votre maison de campagne de Rueil, où elle est morte subitement le 10 juin 1870.

Le hasard a voulu que vous fussiez absent lors de cet évènement, voilà pourquoi, par exception, l'acte de décès est exempt de toute *manœuvre compliquée de faux;* mais vous vous êtes rattrapé à l'église. Voici le billet que vous avez fait distribuer dans le monde que vous connaissez, et que vous trompiez jusque sur le bord de la fosse qui allait se refermer.

—

TREIZIÈME PIÈCE

M., vous êtes prié d'assister aux convoi, service et enterrement de Madame Jules Favre, décédée à Rueil, le 10 juin 1870, dans sa cinquante-huitième année, qui auront lieu le mercredi 15 courant, à dix heures très-précises, en l'église de Rueil. On se réunira à la maison mortuaire. — *De Profundis.*
De la part de M. Jules Favre, M. et Mme Allard, M. et Mme Martinez, Mlle Geneviève Favre, M. Jules Favre, Mme veuve Pasquier, M. Pierre Charmont, M. Paul Martinez, etc., etc.

Suivant l'usage, ce document n'est pas signé, et, à la rigueur, pour lui comme pour les journaux qui en ont reproduit la substance, comme pour la fausse nouvelle envoyée par vous au journal le *Temps* le 2 novembre, vous pourriez la renier et l'imputer à vos adversaires politiques. Eh bien ! osez faire cela, monsieur Favre, je vous en défie.

En attendant, je vous *dénonce à l'indignation publique,* comme ayant, dans cette circonstance encore, exercé une *manœuvre compliquée de faux,* destinée à dépister les recherches sur vos pratiques frauduleuses.

En parcourant cette longue série d'actes frauduleux, laissés impunis par la magistrature, le cœur se soulève de dégoût devant le spectacle de tant de turpitudes, et j'entends le jury de l'opinion publique s'écrier : Assez, assez... sur mon honneur et ma conscience, oui, l'accusé est un misérable.

Que sera-ce donc, lorsqu'il verra remuer le cloaque des manœuvres pratiquées par vous, monsieur Jules Favre, pour vous emparer de l'opulente succession de M. Alphonse O..., de complicité avec certains juges de l'Empire, sans le concours desquels vous n'eussiez pu atteindre votre but.

Ce sera l'objet d'un troisième fascicule.

MILLIÈRE.

—

« TROISIÈME FASCICULE

Monsieur Jules Favre,

En 1858, un ancien négociant, M. Alonse O..., riche célibataire, vivait dans un appartement somptueux de la rue du Faubourg-Poissonnière. Rien ne semblait mystérieux dans la vie de cet honnête citoyen, seulement on remarquait qu'il ne fréquentait plus les membres de sa famille. C'est que, ancien ami de Jeanne Charmont, il était devenu votre client, et pendant de longues années, il plaida contre ses parents devant toutes les juridictions.

Dans la conduite de ces affaires, vous vous êtes montré, maître Favre, égal à vous-même. Vous souvient-il de cette scène si bien jouée d'une plaidoirie avec un bras en écharpe devant l'*intègre* président Delangle? Mais on ne vous reconnaîtrait pas tout entier, si vous n'aviez trouvé le moyen d'accuser vos contradicteurs d'un faux ou d'une manœuvre frauduleuse.

Les adversaires de M. Alphonse O..., votre *bien cher ami,* invoquaient l'une des clauses d'un contrat de mariage. Vous avez soutenu que les énonciations de ce contrat étaient *fausses ;* or, vérification faite, on reconnut que l'acte portait votre propre signature. C'était en effet le contrat de l'un de vos amis, contre qui vous plaidiez, en attendant que vous puissiez le dépouiller à votre profit de la part qui devait légitimement lui revenir dans la succession de M. O...

Ces procès durèrent longtemps. Un premier jugement, rendu le 30 décembre 1854, fut infirmé par un arrêt de la Cour de Paris du 23 août 1855. A son tour cet arrêt fut cassé par la Cour de cassation, et ce n'est que le 13 juillet 1858 que l'affaire reçut une solution définitive devant la Cour d'Orléans.

Sous l'empire des sentiments que ces luttes devaient lui inspirer contre sa famille, M. Alphonse O..., fit un testament olographe ainsi conçu :

—

QUATORZIÈME PIÈCE

„.Je donne et lègue tout le surplus de ma succession à Jules, Berthe, Gabrielle et Geneviève, enfants de madame dite par nous Mme Julie, demeurant à Paris, rue d'Antin, n° 19, lesquels enfants j'institue mes légataires universels en toute propriété.

Comment ce testament fut-il obtenu ? Nul ne sait ce qui s'est passé dans vos entretiens secrets avec votre client, mais on ne peut se dispenser de remarquer que le voyage que vous avez fait à Orléans avec M. Alphonse O... pour plaider son procès contre sa famille, coïncide avec le fameux acte du 19 mai 1858 (pièce n° 8), par lequel vous avez prétendu être le père non dénommé dans l'acte de naissance de Gabrielle, alors âgée de treize ans, et que cet enfant est l'un des légataires universels institués par le testament de votre client.

M. Alphonse O... est mort le 4 juillet 1859, de la maladie qui le minait depuis longtemps.

A l'ouverture de son testament, ses héritiers naturels se demandèrent : Quelle est donc cette femme qualifiée : Madame dite par nous Madame Julie, dont les enfants vont nous dépouiller ? Au domicile indiqué, rue d'Antin, 19, on ne connaissait aucune dame *dite Madame Julie*, et ils entrevoyaient la caducité du legs, lorsque M. O... aîné, reçut votre visite, maître Favre. Vous veniez, de votre ton le plus larmoyant, lui faire vos compliments de condoléance sur la mort de son frère, et lui exprimer les regrets que vos ENFANTS fussent appelés à recueillir en entier une si opulente succession. Mais... ils étaient mineurs ; vous n'y pouviez rien ! C'était, dit-on, véritablement touchant.

M. O... ne fut, lui, touché que d'une chose : l'étrangeté de votre démarche. On raconte que son esprit, aiguillonné par le dépit de se voir frustrer, se donna large carrière aux dépens de votre dignité, qu'il s'égaya sur votre plaisante prétention de lui faire croire que son frère, dans l'intimité, vous appelait *Madame Julie*.

Si je voulais amuser le public, il y aurait là le sujet d'une scène très-comique ; mais je ne veux rire ni avec vous, ni de vous, Monsieur ; mon seul but est de vous montrer à la France tel que vous êtes sous votre masque, afin qu'elle puisse prononcer sur les accusations que nous vous avons adressées et que nous vous renvoyons. C'est pourquoi je viens vous rappeler les manœuvres compliquées de faux auxquelles vous avez eu recours pour éluder les difficultés qu'allait vous susciter la résistance des héritiers O....

Ces difficultés étaient graves. Pour vous emparer de la succession, il fallait établir : 1° qu'il existait une femme *dite par nous madame Julie* ; 2° que cette dame était mère d'enfants portant les noms exprimés au testament ; 3° que ces enfants étaient vivants ; 4° qu'ils étaient les vôtres, et que vous aviez le droit d'administrer leurs biens.

En supposant que vous parvinssiez à faire admettre que *madame Julie* était cette Jeanne Charmont, qui demeurait chez vous, rue d'Antin, n° 19, l'état des enfants ne pouvait se prouver que par la production de leurs actes de naissance ; or, ces actes n'avaient pas été tous rédigés sur vos déclarations, par conséquent, ils n'étaient pas tous faux ; l'un d'eux, celui de la mineure

Berthe, avait été fait loyalement pour l'époux de sa mère, dont il révélait le mariage ; les actes de naissance des trois autres enfants ne pouvaient concorder avec l'existence de son mariage ; ils allaient donc dévoiler le faux acte de décès du sieur Vernier. Si vous l'aviez produit à Dijon pour épouser Jeanne Charmont, sa femme, ou si réellement vous n'aviez pas contracté ce mariage, on allait découvrir et les suppressions d'état et vos nombreux faux, c'est-à-dire une série de crimes à rendre jaloux les plus pervers des pensionnaires de Toulon.

Ah ! monsieur Jules Favre, vous eûtes alors, comme vous l'avez écrit de votre main, BIEN PEUR D'ÊTRE A LA VEILLE DE QUELQUE TERRIBLE CATASTROPHE... (*Textuel*.)

En tout cas, ces actes aussi bien que le testament, — qui ne vous reconnaissait en aucune façon la qualité de père des légataires universels, — excluaient toute possibilité pour vous d'exercer les droits de ces enfants. La règle du père nuptial : *Pater is est quem nuptiæ demonstrant*, et l'interdiction de reconnaître les enfants adultérins, vous opposaient un obstacle légalement invincible.

Mais votre génie familier, le génie du faux et des manœuvres frauduleuses, un instant abattu en vous, se releva bien vite, et, comme dans l'instruction relative à la fausse nouvelle adressée au journal le *Temps*, on vit la magistrature impériale venir à **votre** aide pour vous tirer d'embarras.

—

QUINZIÈME PIÈCE

Du 26 novembre 1859

Ordonnance de référé annexée au procès-verbal de levée des scellés apposés le 14 juillet 1859, après le décès de M. Alphonse O....

Attendu que les quatre mineurs, désignés par le testament n'ont pas pour représentant légal la dame leur mère, *mais le père naturel qui les a reconnus* pour trois d'entre eux, et le père indiqué par l'acte de naissance pour l'aîné desdits enfants ; que ce sont les représentants légaux qui doivent être sommés ;

Disons que dans l'état il n'y a pas lieu de passer outre à la levée des scellés, et qu'il ne pourra être procédé qu'après que le père de l'aîné des mineurs et le père naturel des trois autres mineurs auront été sommés en leurs dites qualités.

Ainsi, selon le président du tribunal civil de la Seine, comme selon vous, maître Favre, avocat et député, les enfants nés pendant l'existence du mariage de leur mère et non désavoués peuvent avoir pour père les uns le mari, les autres l'amant de la mère, et si ces enfants sont institués légataires universel, la *justice* pourra distribuer à son gré, leur paternité à ses favoris!

On pourrait croire que cette œuvre monstrueuse du président du tribunal de Paris a été le résultat d'une erreur, que vous l'avez surprise à la bonne foi du magistrat, et que plus tard elle a été réformée par la justice mieux éclairée. Non, non, cette manœuvre frauduleuse était parfaitement combinée avec les magistrats, car elle a été confirmée et complétée par le tribunal lui-même, première chambre, en résence et sur les conclusions du procureur impérial, préposé, comme on sait, pour veiller aux intérêts des mineurs et au respect de la loi.

Cependant vous étiez loin du but. En vous faisant déclarer, par des magistrats complaisants, représentant légal des trois plus jeunes enfants de M. Vernier, vous n'aviez parcouru que la moitié du chemin. N'ayant pu ni détruire, ni falsifier l'acte de naissance de Berthe Vernier, le père devait nécessairement figurer, pour le représenter, dans l'instance relative à la succession. Or, si Vernier s'était présenté, non-seulement il aurait pris le quart revenant à sa fille aînée, mais encore il n'aurait pas manqué de vous expulser complétement, en vertu des articles 312 et 323 du Code civil, et de s'emparer de la totalité de la succession léguée aux quatre enfants. Il eût bien fallu lui restituer les droits dont l'ordonnance du président et le jugement du tribunal l'ont frustré; l'immense fortune dont vous jouissez actuellement lui eût été attribuée en entier, et vous eussiez perdu le fruit de toutes les manœuvres frauduleuses par lesquelles vous aviez si laborieusement préparé la spoliation. C'eût été échouer au port.

Vous avez su, maître Favre, trouver le moyen de parer à un tel danger, et voici la manœuvre compliquée de faux à laquelle vous vous êtes livré. Elle couronne admirablement l'édifice de vos crimes, c'est un trait de génie, simple comme les grandes idées, et vous n'avez pas eu besoin pour cela de voler du papier à l'Hôtel-de-Ville.

Le sieur Vernier habitait déjà depuis longues années, comme il l'habite encore, à Alger, rue de la Marine, n° 8, où il exerçait la profession de courtier impérial. Vous le saviez parfaitement, puisque vous étiez en correspondance suivie avec celui que la pièce énoncée sous le n° 11 appelle si pittoresquement votre associé; et vous ne pouvez pas le nier, car ceci se passait au mois de février 1860, l'époque où Vernier vous voyait son consentement au mariage de fille aînée (pièce n° 4), consentement

donné par un acte notarié du 16 janvier précédent, qui indique nettement son domicile !

C'est à ce domicile, rue de la Marine, n° 8, à Alger, que devaient être signifiés au sieur Vernier, tous les actes relatifs à la liquidation de la succession O...; or,

—

SEIZIÈME PIÈCE

Par exploit de Porcher, huissier à Paris, en date du 26 novembre 1850, annexé au procès-verbal de levée des scellés, sommation est signifiée au sieur Vernier, *à Paris, rue des Mauvaises-Paroles, n° 2*, où, ne trouvant personne qui puisse indiquer l'adresse, la signification est faite au parquet du procureur impérial.

De cette façon, vous étiez bien sûr, maître Favre, que Vernier ne connaîtrait pas la procédure, qu'il ne se présenterait ni devant le tribunal ni à aucune des opérations de la succession. C'est, en effet, ce qui eut lieu.

—

DIX-SEPTIÈME PIÈCE

Tribunal civil de première instance de la Seine. Première chambre. Du 14 février 1860.

Jugement définitif, par défaut contre Vernier, après réassignation au même domicile, proclamant les droits de Jules Favre, comme représentant légal de ses enfants naturels reconnus, encore en minorité, et déclarant le jugement commun avec le sieur Vernier, défaillant, comme administrateur de Berthe Vernier, sa fille mineure; tous lesdits mineurs habiles à se dire légataires universels de feu M. Alphonse O....

Le tour était joué. Vernier ignorant la procédure faite contre lui en son absence, était écarté, et vous restiez seul détenteur de l'opulente succession O..., à laquelle vous n'aviez aucune espèce de droit.

Voilà, monsieur, tout ce que je veux vous dire aujourd'hui. Non que je manque de matière, l'histoire de vos *méfaits* est une mine inépuisable, et j'ai là, sur ma table de travail, un mémoire imprimé où je pourrais prendre une preuve nouvelle d'accusation de faux lancée par vous avec autant d'impudence que de perfidie, contre un homme devant lequel, souvenez-vous en, vous n'avez pas le droit de porter le front haut.

Je pourrais aussi raconter l'histoire de cette propriété vendue par Jeanne Charmont; je pourrais encore rappeler vos agissements à la mort de l'homme que M. de Morny appela un jour votre gendre... Mais ce serait vous faire la part trop belle aux yeux de ceux qui veulent que, sous prétexte de mur de la vie privée, on puisse être impunément un misérable. Je n'ai, au surplus, pas besoin de cela pour tenir la promesse que je vous ai faite.

J'ai dit qu'à défaut de votre juge d'instruction, je découvrirais l'auteur de la *manœuvre compliquée de vol et de faux*, que vous nous avez imputée. J'ai tenu parole.

Il est incontestable que vous et vos complices aviez seuls intérêt à cette manœuvre plébiscitaire, et j'ai démontré, par tous vos antécédents, que vous seul êtes capable de l'avoir pratiquée.

Que l'*indignation publique*, à laquelle vous nous avez dénoncés avec tant de perfidie, retombe de tout son poids sur votre tête, et que la population parisienne, mieux éclairée, vous ôte enfin le pouvoir de consommer la trahison si manifestement révélée par tous les actes de votre dictature.

MILLIÈRE. »

V

L'éclat produit par la publication de ces pièces fut moins grand qu'on n'aurait pu le supposer. D'une part, le peu d'estime qui s'attachait au nom de l'accusateur, l'un des démagogues les plus dangereux de Paris, et qui en ce moment-là même se débattait contre une accusation de vol portée contre lui par ses coreligionnaires politiques, de l'autre, la gravité des circonstances, car les fascicules parurent en pleines élections pour l'Assemblée nationale, expliquent la faible sensation produite dans le public par les révélations qui devaient exciter six mois plus tard un si vif intérêt.

D'ailleurs, M. Jules Favre s'abstint alors de toute poursuite, de toute dénégation, et les tentatives de quelques journaux notoirement hostiles à sa personne échouèrent devant le silence dédaigneux du ministre des affaires étrangères. Cependant, une connaissance vague des faits plus ou moins exactement groupés par Millière, avait pénétré dans l'opinion; nous avons même sous les yeux une complainte populaire publiée vers la fin de février par un éditeur de la rue du Croissant sous le titre l'*Avocat larmoyant*, où

il est fait des allusions sanglantes aux accusations du *Vengeur*.

Le lecteur remarquera que, jusqu'ici, le nom de M. Laluyé n'a pas apparu dans cet exposé préliminaire des faits ; ce qui s'explique de soi-même, puisque, avant le mois de juin 1871, ce nom n'avait pas été prononcé à l'occasion des polémiques violentes dirigées par le parti démagogique contre M. Jules Favre.

Mais le 1er juin, M. Laluyé fut arrêté à Rueil, de là conduit à Versailles, et retenu plusieurs semaines au secret. Cette arrestation donna lieu à de nombreux commentaires au Palais, où l'on connaissait certains démêlés judiciaires existant antérieurement entre M. Laluyé et M. Jules Favre. Bientôt des correspondances et des journaux étrangers, obéissant à des inspirations qu'il ne nous appartient pas de rechercher, se firent l'écho de rumeurs plus ou moins exagérées. L'une de ces correspondances ayant été reproduite dans les colonnes du journal la *Vérité*, M. Laluyé adressa au gérant de ce journal la longue lettre qui va suivre et qui mérite d'être lue avec attention, puisqu'elle est la cause et la base du procès en cour d'assises.

Voici cette lettre, que reproduisit ultérieurement l'*Avenir libéral* :

Lettre de M. Laluyé

Au rédacteur de la VÉRITÉ

Monsieur le rédacteur,

Vous avez, dans votre numéro du 6 juillet, publié une correspondance adressée de Paris au *Journal de Bruxelles*. Cette correspondance, en dévoilant ma longue détention préventive dans les prisons de Versailles, donne quelques détails sur les rapports qui ont existé autrefois entre M. J. Favre et moi. D'autres journaux ont depuis rappelé cette affaire, et la publicité qui s'est ainsi ainsi faite autour de mon nom a pris de telles proportions que, sans rechercher ni le bruit ni le scandale, je suis dans la nécessité de vous demander une place dans vos colonnes pour redresser les erreurs qui, involontairement, se sont glissées dans les divers récits qui ont été publiés sur « l'affaire Laluyé. » Aussi bien, monsieur, rien ne sera indifférent pour l'histoire de ce qui montrera dans son vrai jour les agissements de certains hommes de notre époque, parvenus au pouvoir, et s'y maintenant à la faveur des désastres que leur ambition malsaine a attirés sur notre patrie; à ce point de vue aussi, le récit des circonstances qui se rattachent à mon arrestation, à la violation de mon domicile et à ma détention, mérite d'être écrit avec exactitude.

I

Il est tout à fait inexact que j'aie « été com-
» promis avec M. Jules Favre dans le fa-
» meux procès de captation qui lui fut in-
» tenté par la famille Odiot. » A quel titre eussé-je pu être compromis dans cette affaire? Je ne fus jamais compromis ni pour peu ni pour beaucoup dans les libéralités de M. A. Odiot. Ses légataires universels étaient quatre enfants qualifiés par lui :

Berthe, Gabrielle, Jules, Geneviève, enfants de Madame, *dite par nous Mme Julie*, » demeurant rue d'Autun, 17. Ces enfants étaient mineurs, et moi, monsieur, j'étais déjà, à cette époque, majeur, et très-majeur.

D'un autre côté, rien, je vous assure, ne me désignait comme étant le participant que fait supposer le *dite par nous* dont se sert le testateur. Au surplus, la famille Odiot existe, c'est l'une des plus honorables de la bourgeoisie parisienne ; je ne crains aucune dénégation, en affirmant qu'elle n'a jamais eu la pensée de m'imputer aucune manœuvre de captation à l'égard de son parent, M. A. Odiot. Le rôle que j'ai joué dans cette affaire a été celui d'un paratonnerre ; j'ai écarté la foudre qui menaçait d'éclater sur M. Jules Favre, et je l'ai « sauvé du terrible désastre » dont il se croyait alors, avec juste raison, menacé. Mais je n'ai, de ce fait, jamais couru d'autre risque que d'éprouver plus tard les effets de la reconnaissance de M. Jules Favre, et de son désir de faire disparaître les preuves de ses vertus civiques et de son désintéressement.

Dans les divers récits qui ont été publiés de mes relations avec M. Jules Favre et de la rupture qui les a suivies, aucun, pas plus celui de votre correspondant que les autres, n'est conforme à la vérité.

Il ne faut pas, cependant, vous l'admettrez, je l'espère, monsieur, qu'en étendant une teinte incertaine sur les nuances qu'on prête à mon caractère, on puisse diminuer la répulsion qu'inspire aux honnêtes gens de tous les partis l'abus de la puissance publique, au profit des appétits ou des rancunes d'un ministre ou de tout autre fonctionnaire.

C'est pourquoi je dois faire ici un historique rapide, non de mes relations avec M. Jules Favre, ce serait beaucoup trop long, mais des circonstances qui ont marqué et suivi notre rupture. Chacun de vos lecteurs pourra apprécier ainsi, suivant les inspirations de sa conscience, s'il peut exister un motif de blâmer ma conduite envers cet homme, et si comme le dit un journal d'hier : « J'ai à tous les points de vue mal agi, en publiant des pièces compromettantes contre lui. »

C'est au commencement de 1865 que, croyant devoir cesser toutes relations avec M. Jules Favre, *je lui ai refusé l'entrée de ma maison;* cela se fit très-silencieusement, et M. Jules Favre put feindre d'en être affligé et surpris.

Il m'écrivit à ce sujet une lettre de quatre pages, dans ce style que la France n'a, depuis lors, que trop appris à connaître.

« Mon bien cher ami, j'étais allé à Rueil pour vous voir et causer avec vous. J'ai trouvé votre porte fermée, je ne me le suis pas trop expliqué, mais je n'y ai vu qu'une preuve de la peine que vous pouviez éprouver, ce qui suffisait pour que j'en fusse si vivement affecté... Venez me voir, et tout malentendu s'expliquera et se dissipera... Je suis votre ami et je serais bien ingrat si je ne l'étais pas tout entier... Nos esprits peuvent différer, nos cœurs doivent toujours se rencontrer et je vous envoie pour gage l'expression affectueuse du mien. »

Cette lettre est datée du 3 février 1865. J'y répondis aussitôt et M. J. Favre parut comprendre que ma résolution était irrévocable car il me répondit le 9 février....

« Vous ne ferez croire à personne, vous ne croyez pas vous-même que j'ai trahi... Je ne suis pas le maître de vous imposer mon amitié, mais je puis la garder, tout en souffrant plus que je ne saurais dire de la voir ainsi méconnue. »

Loin que l'on puisse croire que je fusse alors travaillé du démon de la haine, on va voir que je me tins vis-à-vis de M. Jules Favre dans une réserve pleine de mesure, ne cherchant pas même à éclairer par quelques recherches, les doutes que sa conduite avait fait naître dans mon esprit sur ses antécédents.

En effet c' fut lui rompit le silence qui s'était fait entre nous après la lettre que j'ai rapportée. Le 8 mai 1865, M. Jules Favre avait retrouvé son style caressant, il m'écrivit :

« Mon cher ami, permettez-moi de vous donner toujours ce nom, le seul qui puisse venir sous ma plume et qui se concilie avec mes sentiments... »

Il terminait : « Je vous souhaite une bonne

1.

santé et toute sorte de bonheur, je n'oublie-rai jamais ni notre doux commerce, ni le bien que vous m'avez fait. »

Or, savez-vous, M. le rédacteur, ce que m'apportait ce papier si bien enrubanné? C'était l'annonce d'un procès que M. Jules Favre m'intentait! Nous plaidâmes; il fut battu. Or, c'était bien la guerre, cette lutte judiciaire; eh bien! ai-je attaqué M. Jules Favre? aucun de ses défenseurs n'oserait le dire. Battu dans cette rencontre, M. Jules Favre n'accepta pas sa défaite.

Il revint à la charge et je dus subir un nouveau procès, où il fut de nouveau battu. C'est alors qu'à mon tour, et pour éviter un véritable abus de confiance dont j'entre-voyais la pensée, je dus agir contre M. Jules Favre. C'est dans ce procès jugé au commen-cement de 1869, que son avocat, je n'en parle qu'en tremblant, car, depuis le 4 sep-tembre, cet avocat de M. Jules Favre est devenu M. le procureur général à Paris, c'est dans ce procès, dis-je, que l'avocat de M. Jules Favre ne craignit pas de m'accuser d'avoir falsifié par une surcharge l'un des actes de mon dossier. Cela fut fait avec des précautions oratoires, des réticences per-fides, mais cela fut fait, et cette parole du maître recueillie avec avidité et propagée avec zèle par le petit escadron volant qui déjà flairait autour de M Jules Favre, chef de la gauche, la curée du 4 septembre, fit bien vite le tour de la salle des Pas-Perdus et de ses aboutissants.

Pour un homme qui n'a pas érigé le cy-nisme en principe, c'était intolérable. C'est alors que je jetai le cri que rappelle le cor-respondant du *Journal de Bruxelles*, et que, pour tenir ma promesse, j'ai courageuse-ment poursuivi l'enquête qui m'a conduit à la découverte des actes et des faits qui re-commandent si chaudement M. Jules Favre à l'estime de ses contemporains et à celle des historiens futurs. Tous ces documents ont été tirés de dépôts publics; la date de leur délivrance atteste que ce n'est qu'à compter de cette époque que je les ai re-cherchés, et non, comme le dit un article publié par un de vos confrères, « en profi-tant de mes anciennes relations avec M. Jules Favre. » A compter de ce moment, mon-sieur, j'étais donc nanti d'armes suffisantes pour rappeler mon adversaire à la décence; mais il est impossible de dire, comme le fait l'article que vous avez inséré, « que je ne cessai de poursuivre M. Jules Favre d'une haine mortelle, »

La haine, monsieur, suppose encore un peu d'estime pour celui qui en est l'objet. Des pièces que j'ai réunies, je ne fis alors d'autre usage que de les montrer aux per-sonnes qui avaient pu accueillir l'indigne accusation de M. Jules Favre, et, loin de vouloir me récréer de la publicité que m'as-surait un procès, j'accédai sans résistance à une démarche que fit auprès de moi, pour éviter la publicité de l'audience, un homme que M. Jules Favre a aussi, dès le 4 septem-bre, placé dans un poste où il sentit bien qu'il était prudent de mettre des hommes à lui.

Ce monsieur, dont je dirai le nom tout à l'heure, se disait alors très-fort mon ami, et si depuis il a été pour quelque chose dans mon arrestation, c'est qu'assurément il a bien changé. Quoi qu'il en soit, voici ce qu'il m'écrivait le 27 novembre 1869, je di-rai ensuite ce que j'ai répondu :

« Mon cher Laluyé,

» Si grave et si profonde que soit la dé-faite que je viens d'essuyer, je veux l'ou-blier, mais ce que je n'oublierai jamais, c'est l'assistance ardente et amicale qui m'a été prêtée, dans la lutte, par quelques âmes charitables et dévouées, par vous d'abord, et ensuite par M. Jules Favre, deux amis d'autrefois devenus, à mon grand chagrin, *deux ennemis passionnés.* Egalement obligé envers l'un et envers l'autre je me sens le cœur troublé par cette situation, et je me demande ce que je puis, ce que je dois faire pour amener la fin de cette hostilité, et ré-tablir la paix entre vous, je suis prêt à tout pour cela, et si je réussissais à vous remettre la main dans la main, vous ne pouvez vous faire une idée de la joie que j'en éprouve-rai... Je vous en prie, laissez-moi arracher de votre cœur tous les mauvais sentiments qui le tourmentent, et qui vous donnent l'air d'un méchant, alors que vous êtes le meilleur des hommes que je connaisse. Re-devenez ce que vous êtes de votre nature, bon et indulgent, je vous en supplie, et au-torisez-moi à chercher les moyens de ména-ger entre vous un rapprochement. *Avant tout, dites-moi s'il ne serait pas possible d'étein-dre ce triste procès... quelle satisfaction maté-rielle désirez-vous? et aussi quelle satisfaction morale?* »

Cette lettre est de M. H. Didier, aujour-d'hui procureur de la République à Paris, celui qui, pendant le siége, fit arrêter et jeter en prison votre rédacteur en chef pour un prétendu délit de presse, qu'on n'osa pas même déférer à la justice. M. H. Didier a mes réponses à sa lettre et à trois autres qui l'ont suivie; je ne les transcris pas ici, parce que, écrites comme on fait avec un ami, sans précautions ni artifice de langage. elles pourraient paraître trop libres, mais j'autorise M. H. Didier à les publier, s'il le juge convenable, pour les intérêts de son protecteur. Je me borne à en préciser suffisamment la portée et le caractère par les extraits suivants :

« Mon cher ami,

» ... Que puis-je faire pour répondre à toutes vos bonnes intentions...

» Je sens dans mon cœur une voix qui me dit que jamais je ne pourrais mettre ma main dans la main de cet homme dont je fus l'ami si confiant, si naïf, si sincère, et qui... m'inspirant de vos bons sentiments, je pourrais peut-être lui faire grâce, mais...

» X... que j'ai vu ce matin, m'a posé aussi l'idée d'une conciliation... je lui ai répondu : « Des propositions à faire, ja-
» mais ! mais si vous, vous me disiez : Il
» faut faire ceci, je le ferais, renseignez-
» vous et prononcez... » Quant au côté moral, j'ai été insulté, outragé publiquement, c'est en cela surtout que j'en souffre, car, je vous le jure, je me sens au dessus des outrages de M. Jules Favre... »

Vous le voyez, monsieur, une fois pour toutes, il faut écarter toute supposition d'une action haineuse de ma part, contre M. Jules Favre, je n'ai jamais, à son égard, usé que du droit de légitime défense.

L'homme que j'ai désigné plus haut par un X... n'est pas un inconnu, c'est, au contraire, l'un des personnages les plus considérables du gouvernement de la République et l'un des plus universellement respectés. Par un sentiment de haute convenance, je ne dois pas le nommer ici, mais je puis dire qu'il a connu mon arrestation et qu'il l'a hautement blâmée, et les sentiments de sincère estime dont il a bien voulu me donner un nouveau témoignage à ma sortie des hangars de Satory, me sont un sûr garant qu'il n'a jamais cru que ma conduite envers M. Jules Favre pût mériter une réprobation quelconque. Les événements politiques accomplis dans le milieu de l'année dernière ne lui ont pas permis d'accomplir la mission de conciliation que je lui avais offerte, et qu'il avait à peu près acceptée, mais nul plus que lui n'est à même d'apprécier la réserve de la conduite que j'ai tenue, et je viens de dire quelle est cette appréciation.

Si j'insiste sur ces faits, ce n'est pas que je fasse aucune difficulté d'avouer que je regrette aujourd'hui de n'avoir pas, aux élections de 1869, édifié mon pays sur l'un des hommes que sa qualité d'homme public rendait justiciable de l'opinion. Cette publication eût pu avoir pour effet d'empêcher que la Révolution du 4 septembre ne devînt, en tombant dans les mains de M. Jules Favre, l'un des plus grands désastres de notre histoire. Mais il faut rester dans la vérité, et les regrets n'ont rien à faire ici.

Eh bien, j'affirme, contrairement à ce que croit le *Gaulois*, dans son numéro du 20 juillet, et à ce que paraît croire le correspondant du *Journal de Bruxelles*, que vous avez copié, que ce n'est pas moi qui ai fait publier dans le *Vengeur* du 8 février les fascicules relatifs à M. Jules Favre. J'affirme que cette publication a été faite sur des documents possédés par M. Millière, qui avait puisé comme moi aux sources officielles. Les expéditions que je possède ne sont jamais sorties de mes mains, si ce n'est pour les mettre à l'abri de perquisitions qui pouvaient être et ont été en effet pratiquées chez moi par un honteux abus des droits de la puissance publique, comme aux beaux temps des lieutenants de police et des lettres de cachet.

Et loin que j'aie, comme le prétend le correspondant du *Journal de Bruxelles*, poursuivi M. Millière pour l'engager à cette publication et d'autres qu'il avait promises, je prouverais, si une enquête était faite, que c'est par suite de mes conseils répétés que M. Millière a suspendu sa publication jusqu'après la capitulation de Paris. Le langage que je lui tins, je pourrais le tenir encore aujourd'hui sans craindre d'offenser le patriotisme de personne dans aucun parti. Ainsi disparaîtra, je l'espère, dans l'esprit de tous vos lecteurs, cette espèce de prévention que les gens doués d'un sentiment délicat pouvaient ressentir contre le fait « d'un ami dévoilant les fautes d'un ami avec lequel il s'est brouillé. »

II

Quant à mon arrestation, à ma mise au secret pendant plus d'un mois, il faut bien se garder de croire : 1° qu'elle puisse en rien être attribuée à l'autorité militaire ; 2° qu'elle ait lieu dans des conditions pouvant faire naître contre moi l'ombre d'un soupçon loyalement conçu par l'autorité publique.

Ainsi ce n'est pas du tout « à l'occasion de l'entrée des troupes dans Paris que j'ai été arrêté. » Non, monsieur, tout cela s'est exécuté au milieu du calme le plus parfait, comme en temps ordinaire.

J'étais à ma maison de campagne de Rueil, lors de l'entrée des troupes de Versailles dans Paris, et là j'étais au milieu des officiers de cette armée logés chez moi.

Aussi bien, loin d'avoir aucun motif de prendre aucune mesure hostile à mon égard, l'autorité militaire m'accorda, dès le 24 mai, a permission nécessaire pour aller de Rueil à Paris, veiller à mes intérêts et revenir de Paris à Rueil, où je restai tranquillement jusqu'au jour où je fus mis en état d'arrestation par un commissaire de police venu exprès de Versailles. Ce commissaire m'annonça qu'il venait faire une perquisition, pour « rechercher des pièces de la Commune. » Je mis un grand empressement à faciliter cette perquisition, car j'avais, m'en confesse ici, eu la naïveté de croire que c'était le motif et non le prétexte de la visite que je recevais, et je voulais prouver que j'étais victime de quelque odieuse dénonciation comme il s'en produit tant dans les temps agités des guerres civiles.

Le commissaire de police se chargea de me rappeler à la réalité par le choix qu'il fit dans mes papiers pour en opérer la saisie. En effet, le premier document qui fut l'objet de sa main-mise, ce fut — je vous le donne en mille — *ce fut une lettre de M. H. Didier, procureur de la République*, écrite, non pas au temps de la Commune, oh! non! mais à une époque à peu près contemporaine de celles que j'ai rapportées plus haut, en 1869 enfin. M. H. Didier, qui, comme on l'a vu, était, ou se disait alors, de mes amis, me demandait, par cette lettre, s'il pouvait sans inconvénient venir avec son fils me demander à déjeuner et passer la journée avec nous!!!

Je commençais à comprendre que « la Commune » n'était ici qu'un prétexte, qu'un moyen de faire servir les droits de la puissance publique à débarrasser les hommes en place de l'ennui d'avoir des lettres d'eux chez des gens qui ne les saluaient plus ; mais ce fut bien autre chose quand je vis le commissaire de police compulser minutieusement les lambeaux épars du manuscrit d'un mémoire préparé par moi dans mon procès contre M. Jules Favre, et se saisir d'un autre travail à peine ébauché où M. Jules Favre, j'en conviens, n'était pas précisément recommandé à l'admiration des contemporains... Le doute, cette fois, n'était plus possible : j'étais l'objet d'une lettre de cachet. Il ne me fut donné aucune copie d'un mandat quelconque. Je ne pus même être admis à apposer ma signature — *ne varietur* — au procès-verbal qui fut dressé, de sorte que le procès-verbal a pu être remplacé par un autre, modifié ou détruit, sans que je pusse rien faire pour sauvegarder mes droits. Ce qu'il y a de certain, c'est qu'il n'existait pas dans le dossier du capitaine rapporteur au 3e Conseil de guerre qui a procédé à mon interrogatoire après quarante-deux jours de détention préventive.

Ces irrégularités effrayantes ne sont rien encore auprès de ce qui a eu lieu après qu'on se fût assuré de ma personne. Suivant le correspondant du *Journal de Bruxelles*, « un commissaire fit une perquisition au domicile de M. Laluyé, rue d'Amsterdam, à Paris, et y trouva, outre quelques correspondances insignifiantes avec M. Millière, d'autres papiers plus importants, parmi lesquels une lettre de M. Jules Favre remontant à l'époque du procès Odiot... Au premier coup d'œil, il sentit l'importance de ce document et demanda des instructions en haut lieu... » Pour moi, je n'ai pu jusqu'ici constater qu'une chose, c'est que pendant qu'on me détenait en cellule dans la prison de Versailles, pendant que tous les miens étaient à Rueil, mon domicile à Paris a été violé, mes meubles forcés et tous mes papiers de famille pillés et laissés en désordre sur le parquet... Le concierge, présent à cette opération, affirme que celui qui y a procédé s'est dit commissaire de police, rue de Stockholm, n° 4, et ne lui a laissé copie d'aucun document.

Or, M. le commissaire de police de cette résidence, que j'ai vu depuis pour obtenir des éclaircissements, m'a déclaré qu'il n'avait, ni lui ni ses agents, pris aucune part à cette violation de mon domicile et de ma propriété. Qui donc est-ce alors? et comment se fait-il qu'il n'existait rien des papiers enlevés de chez moi dans le dossier qui a servi à mon interrogatoire! Je crois pouvoir le demander à M. H. Didier, procureur de la République, car le capitaine rapporteur qui m'a interrogé m'a loyalement affirmé que l'autorité militaire était étrangère à mon arrestation. Je le demande surtout à M. H. Didier, et je le demande aussi à M. Jules Favre, par quelle intuition mystérieuse l'agent qui a violé mon domicile sous prétexte de la Commune, a-t-il « compris au premier coup d'œil l'importance d'une lettre de M. Jules Favre remontant à l'époque du procès Odiot? » Tout cela a besoin d'être expliqué, et je ne désespère pas, si l'explication se fait trop attendre, d'obtenir de l'Assemblée nationale un instant d'attention pour les doléances que je suis résolu à porter à ses pieds.

Il convient, d'ailleurs, de bien faire ici la part de chacun : à l'autorité civile la responsabilité des ordres qu'elle a donnés. Quant à l'autorité militaire, il est de mon devoir de déclarer ici loyalement que, loin d'avoir été « tourné et retourné en tous sens par mes juges, » je n'ai subi qu'un seul interrogatoire, et que le capitaine rapporteur qui y a procédé, a usé envers moi de tous les égards et de toute la convenance possibles, et qu'aussitôt il a proposé une ordonnance de non-lieu qui a été approuvée en haut lieu, puisque j'ai été presque aussitôt rendu à la liberté.

Ceux qui m'avaient fait arrêter et mettre dans des conditions où tout risque de la vie n'est pas écarté, n'ont pas perdu tous les profits de leur méchanceté, puisque je suis resté quarante-cinq jours détenu, et en dernier lieu dans des conditions telles qu'en rentrant chez moi je n'osai pénéter dans mon appartement sans avoir, au préalable, laissé à la porte jusqu'au plus nécessaire des vêtements, car tout cela, monsieur, était habité même quand j'en étais sorti.

Mais là doit s'arrêter la joie de leur triomphe, et il faut qu'ils sachent bien que l'incendie des registres de l'état civil de la ville de Paris n'empêchera pas la vérité de pouvoir s'affirmer, et le rédacteur de l'article publié le 20, dans le journal le *Gaulois*, pourra, quand il voudra, se convaincre que le doute qu'il exprime dans son article ne doit pas subsister plus longtemps ; je pourrai même, lui mettant sous les yeux une certaine lettre de M. J. Favre, lui prouver surabondamment que j'ai refusé à M. Millière de concourir à la publication qu'il a faite, et après cela j'espère que, ni lui, ni ses lecteurs ne penseront plus de moi « que j'ai mal agi en publiant des pièces compromettantes pour mon ancien ami. »

Ils sauront que si j'avais fait les publications que je pouvais faire, tout le monde saurait que M. Jules Favre, quand il n'était pas encore ministre, et qu'il n'avait pas avec tant de bonheur, « sauvegardé la plus petite parcelle de notre territoire et la moindre pierre de nos fortifications, » reconnaissait lui-même « qu'il est des existences justement méprisées. »

Merci, monsieur, de l'hospitalité que vous voulez bien m'accorder. J'aurais voulu être plus bref, mais c'était impossible puisque je devais accompagner mes déclarations de preuves irrécusables et nécessaires pour sauvegarder le peu que je vaille, c'est-à-dire l'honneur du nom modeste que je porte, et que j'espère conserver toujours respectable.

LALUYÉ.

Cette fois, le retentissement fut immense. La cuirasse d'indifférence de M. Jules Favre fut entamée, et, peu de jours avant de donner sa démission de ministre des affaires étrangères, il se détermina à porter plainte contre celui qui avait écrit cette lettre et contre les journaux qui l'avaient accueillie.

Une instruction eut lieu, à la suite de laquelle la Chambre des mises en accusation rendit un arrêt de renvoi sous l'inculpation, contre les prévenus, d'avoir publiquement diffamé M. Jules Favre, ministre des affaires étrangères, en l'accusant de s'être rendu coupable d'abus de pouvoir et d'arrestation arbitraire.

Le lecteur connaît maintenant les origines du procès. Ici se termine une introduction longue mais nécessaire. Il ne nous reste plus qu'à laisser la parole aux comptes rendus judiciaires que nous avons complétés les uns par les autres, à défaut d'une sténographie qui existe, mais qui, par suite de circonstances inexpliquées, et en dehors de la volonté des prévenus, n'a pu être livrée jusqu'à présent à la publicité.

LE PROCÈS

COUR D'ASSISES DE LA SEINE

Présidence de M. Sallantin

Audience du 6 septembre 1871

PLAINTE EN DIFFAMATION PAR M. JULES FAVRE CONTRE M. LALUYÉ ET CONTRE LES JOURNAUX *l'Avenir libéral* ET *la Vérité*. — DIFFAMATION PUBLIQUE ENVERS UN FONCTIONNAIRE PUBLIC.

L'audience s'ouvre à onze heures du matin. Un public de choix a envahi la salle dès l'ouverture des portes. On n'aperçoit que des magistrats, peu d'avocats et beaucoup de représentants de la presse de tous pays.

M. Laluyé est un homme de cinquante-cinq ans ; son front chauve ne gâte rien à l'éclat de sa physionomie ; il a l'œil vif, et ses réponses dénotent une intelligence remarquable. Il paraît nerveux, et même passionné, malgré la modération qu'il s'est efforcé de conserver durant les débats. Tous ses mots portent ; mais son tempérament le trahit, et il lui arrive parfois de compromettre sa défense par des accès d'emportement, aussitôt contenus. Son attitude accuse une profonde animosité contre M. Jules Favre.

M. le président procède à l'interrogatoire préliminaire des prévenus.

Après ces constatations, on tire au sort les noms des jurés, et, sur les réquisitions du ministère public, la Cour ordonne l'adjonction d'un juré supplémentaire.

Les prévenus prennent place dans l'enceinte, aux pieds de la Cour, dans l'ordre suivant :

1° Édouard Portalis, rédacteur en chef du journal la *Vérité*, âgé de vingt-huit ans ;

2° Victor Laluyé, propriétaire, âgé de cinquante-huit ans, ancien avoué à la Cour d'appel de Paris ;

3° Kugelmann, imprimeur du journal la *Vérité ;*

4° Ernest Huguet, trente-six ans, rédacteur en chef du journal l'*Avenir libéral ;*

5° Charvet de Léoni, rédacteur du journal l'*Avenir libéral ;*

6° Ledouarin, imprimeur de l'*Avenir libéral.*

Dans la même enceinte viennent également se placer M. Jules Favre, Me Senard, son avocat, et Me Périn, avoué à la Cour.

Me Jolibois, du barreau de Paris, ancien avocat général et conseiller d'État sous l'empire, Me Lantiôme, du barreau de Reims, et Me Gatineau, sont assis au banc de la défense.

Après la lecture de l'arrêt de renvoi, M. le président procède à l'interrogatoire des prévenus.

Interrogatoire de M. Portalis

M. LE PRÉSIDENT. — Vous êtes rédacteur en chef du journal la *Vérité*; vous avez, dans le numéro du 22 juillet dernier, publié une lettre à vous remise par Laluyé. Avez-vous reçu personnellement sa visite ? — R. Oui.

Interrogatoire de M. Laluyé

D. M. Laluyé, vous êtes ancien avoué à la Cour de Paris. Pendant combien de temps avez-vous exercé ? — R. Pendant quinze ans.

D. Vous avez quitté votre charge à la suite de poursuites disciplinaires?—R. J'ai été, il est vrai, condamné par arrêt de la Cour à huit jours de suspension. J'ai pris le parti de me retirer. Si on devait se lancer dans des insinuations à cet égard, je donnerais des justifications complètes.

D. Il n'y a aucune insinuation. Il est constant que vous avez été l'objet de cinq poursuites, puis le 9 avril 1853 vous avez été condamné à huit jours de suspension à raison de conseils de simulations interdites par la loi, donnés par vous à un client. Vous avez publié à cette occasion un mémoire injurieux pour les membres du conseil de discipline. La Cour a ordonné la suppression du mémoire. — R. La Cour a supprimé le mémoire, mais pas pour ce motif.

D. Je donnerai lecture, si vous désirez, de l'arrêt de la Cour ? — R. Je suis attaqué sur tous ces points, il faut bien que le public sache comment ces faits se sont passés. J'avais d'ailleurs M. Jules Favre en qualité de défenseur, et dans ce procès que j'étais son ami.

D. Vous venez de prononcer le nom de M. Jules Favre ; vous étiez son ami ? Vous habitiez Rueil en 1850 ? — R. Oui, depuis 1849.

D. Vous avez attiré à Rueil M. Jules Favre ; il a pris une maison de campagne près de vous? — R. Pas précisément. Il a été sans doute attiré par la beauté du lieu, et me pria de lui chercher une maison ; j'en trouvai une, elle convint à M. Jules Favre, qui l'acheta par mon intermédiaire.

D. Vous reconnaissez votre intimité avec M. Jules Favre ? — R. Oui.

D. Vous avez été chargé par lui de la négociation de cette acquisition ? — R. C'est M. Jules Favre qui a acheté lui-même.

D. Il y avait des relations de voisinage ? — R. Pas avant l'acquisition de cette maison.

D. Vous receviez M. Jules Favre ? — R. Oui.

D. Vous receviez, vous et Mme Laluyé, une dame qui vivait dans la même habitation que M. Jules Favre ? — R. Oui.

D. Cette dame avait des enfants ? — R. Oui ; mais je ne savais pas quelle était la situation de ces enfants.

D. Vous avez reçu cette famille chez vous?— R. Oui.

D. Vous avez concouru à la rédaction de plusieurs actes de l'état civil concernant ces enfants ? — R. Le seul acte auquel j'aie concouru est un acte qui contient un faux.

D. C'est un acte de baptême ; vous y avez assisté ? — R. Oui. Comme d'autres amis, nous avons signé.

D. Vous avez assisté, en qualité de témoin, au mariage de M. Saint et de Mlle Vernier ? — R. Oui, j'étais témoin, et je croyais que j'avais à conduire la mariée.

M. JULES FAVRE. — Cela ne vous regardait pas, je conduisais ma fille.

M. LE PRÉSIDENT, à M. Laluyé. — Vous connaissiez donc l'état civil de cette jeune fille ? — R. Pas précisément ; je ne la connaissais que sous le nom de Berthe. Son nom de famille ne m'a été connu que plus tard, dans d'autres circonstances.

D. Cela est bien extraordinaire qu'ayant des relations d'intimité semblable, vous n'ayez pas connu ces faits. — R. Voilà comment cela s'est fait : je n'ai jamais vu les actes.

M. JULES FAVRE. — Si, vous les avez connus.

M. LALUYÉ. — Veuillez ne pas m'interrompre. Je parle à la Cour, pas à vous. Je n'ai pas su ce qu'il en était exactement.

D. Cela n'a pas d'intérêt dans l'affaire. — R. Alors, pourquoi en parler ?

D. Et vous avez attaqué d'une manière violente M. Jules Favre, et rappelé des actes de naissance qui n'avaient rien à faire dans une question civile. — R. Je fais une distinction. Il y avait entre nous un procès portant sur la propriété de terrains.

D. Vous n'avez pas à plaider le procès civil? vous êtes intelligent. Je dis que devant la Cour vous avez préparé un mémoire qui contient certaines allégations. — R. Qui donc a cet mémoire et l'a fait imprimer? Je sais bien qu'il y en a un au parquet, saisi à l'occasion d'autre chose, et qui m'a valu de M. Didier, procureur de la République, un avis dont je garde le souvenir. Je désire que MM. les jurés, puisqu'on en parle, sachent la vérité; je ne savais rien exactement, dis-je, et le jour du mariage je demandai qui conduisait la mariée? M. Jules Favre me dit : « C'est moi qui conduirai ma fille. » Voilà ce que j'ai su.

D. Vous avez connu des actes d'état civil d'enfants? — R. Oui, je les ai connus à l'occasion d'un procès relatif à la liquidation Odiot.

M. JULES FAVRE. — Il n'y a pas eu de procès à l'occasion de cette liquidation. Je ne crains pas l'exposition de la vérité sur tous ces points.

D. L'affaire dont vous parlez est antérieure au mariage? — R. Oui, M. Jules Favre m'avait prié de venir voir M. Odiot. J'étais surpris qu'il ne fût pas à la campagne; je reçus la visite de M. Jules Favre quelques jours après; il paraissait extrêmement préoccupé; il avait été institué exécuteur testamentaire dans le testament de M. Odiot; quelques jours après, notre conversation fut plus précise, il me laissa croire qu'il était contrarié de cette situation, il me montra alors les actes d'état civil; le même jour, en 1859, M. Jules Favre parlait, dans une lettre qu'il m'adressait, de se jeter à la mer. Il y avait quelque chose qui me frappa; il me quitta, cela ne fait pas honneur à mon jugement. Profondément effrayé de cette lettre, préoccupé seulement de lui venir en aide, j'allai chez lui et m'efforçai de le ramener au calme; j'appris depuis que ce n'était pas la vérité. Il s'agissait d'exécuter le testament de M. Odiot, qui instituait légataires universelles Berthe et les autres enfant de madame, dite par nous Mᵐᵉ Julie; il était difficile de demander la délivrance, il y avait aussi derrière un procès en captation.

(M. Jules Favre fait un signe de dénégation.)

M. LALUYÉ. — Vos dénégations ne changeront rien à la vérité. Il fallait examiner l'état civil des enfants; que faire? Je cherchai et je trouvai le moyen suivant: Vous avez la saisine, vous pouvez procéder à la liquidation, à la levée des scellés, à l'inventaire. Plus tard, le juge de paix trouva que les enfants n'étaient pas représentés suffisamment. On allait introduire un référé.

D. Abrégeons. — R. Je ne puis le faire.

D. Je vous ai demandé si vous n'aviez pas eu connaissance complète des actes de l'état civil des enfants? — R. Oui, monsieur, complète, mais pas exacte.

D. Vous étiez le conseil et l'ami de M. Jules Favre. Avez-vous eu à cette époque les pièces entre les mains? — R. Non, je n'ai pas eu de pièces en mains.

D. Vous avez eu connaissance de cette situation irrégulière de Mᵐᵉ Vernier? — R. Oui, on m'a promis alors de me produire toutes ces pièces.

D. Vous avez su enfin quelle était cette situation? — R. Je ne savais pas la vérité entière; je ne connaissais pas la situation complète.

D. Vous connaissiez la demeure de M. Vernier? — R. Non.

D. Les mensonges portaient-ils sur l'état civil des enfants? — R. Oui.

D. N'avez-vous pas été mêlé à l'exécution du testament de M. Odiot? — R. Oui, mais sans parler de l'état civil des enfants.

D. Vous saviez l'irrégularité des actes de naissance des enfants? — R. Je savais que le premier enfant avait été désigné fille de Jeanne Charmond et de M. Jules Favre. Le second l'a été de même. Quant au troisième, fille de M. et Mᵐᵉ Favre, mariés, il a été rédigé à Dijon. J'en ai eu plus tard l'explication : je les croyais mariés.

D. Ce n'est pas à l'occasion du procès Odiot que vous avez eu connaissance de ces faits? — R. J'ai cru que M. Jules Favre avait l'autorisation de M. Vernier.

D. Ces faits sont tout à fait en dehors de l'affaire; quand nous arriverons au débat réel, vous aurez toute la latitude que vous désirerez. — R. Je me permets d'insister sur nos relations. M. Jules Favre était avocat; il avait été obligé, en 1851, de se cacher; lorsqu'il est revenu au jour, M. Jules Favre avait chevaux et voiture. Je ne demandais rien à M. Jules Favre. Je suis de ces gens qui ne demandent à leurs amis qu'un échange de bonnes relations. Je vis M. Jules Favre entouré d'enfants; Mᵐᵉ Julie était reçue chez nous; quelque temps après, j'appris les faits. Il ne faut pas que rien dans ce débat reste même à l'état d'insinuation. Je n'ai jamais rien demandé à M. Jules Favre. Un jour arriva où M. Jules Favre vint me demander comment on pourrait sortir d'embarras et exécuter le testament de M. Odiot; il me dit que ce n'étaient pas les enfants de M. Vernier; la ressemblance n'indiquait rien, excepté pour l'un d'eux qui ressemble à M. Jules Favre; les autres ressemblent à M. Odiot.

M. JULES FAVRE. — Vous êtes un calomniateur.

M. LALUYÉ. — C'est vous qui l'êtes, et non pas moi. J'ai continué à voir M. Jules Favre après l'affaire de M. Odiot.

D. Vous vous êtes brouillé avec M. Jules Favre à l'occasion d'un procès personnel? — R. J'ai cru devoir intenter un procès en 1863. Il était mon avocat alors et passa dans le camp de mon adversaire.

D. Passons sur ce point. Vous vous êtes donc brouillés? — R. M. David me fit connaître ce qui s'était passé. A quelques jours de là, M. Jules Favre vint me demander à me voir; je refusai de le recevoir, ma résolution était prise. Plus tard M. Jules Favre m'intenta un procès terminé par un arrêt.

D. Vous en avez intenté un autre à M. Jules Favre et vous l'avez perdu? — R. Oui.

D. Après il en intenta un autre? — En effet, la conduite de M. Jules Favre me donna du doute sur la confiance que je pouvais avoir en lui, et je l'actionnai devant le Tribunal en déguerpissement. Je n'ai pas perdu mon procès, car je suis en appel devant la Cour depuis longtemps, mais lorsqu'on a pour adversaire M. Jules Favre, cela n'est pas commode. Avant le 4 septembre on a demandé dix-huit mois de remises, puis on m'a fait la proposition d'être jugés par arbitres, ce que j'ai refusé, et nous serions sans doute jugés aujourd'hui sans le 4 septembre qui nous a donné ce fameux gouvernement de la défense nationale.

D. Il en résulte que vous avez perdu un procès en première instance. Vous avez publié un mémoire à l'occasion d'une source ; vous l'avez rédigé après la publication de l'article que vous avez remis au journal la Vérité. A la suite de cette publication, M. Jules Favre a adressé une plainte au parquet ; une instruction s'en est suivie. La plainte de M. Jules Favre n'est relative qu'à un ordre d'idées : c'est une diffamation à raison de la prétendue arrestation arbitraire.— R. M. Jules Favre ne savait pas d'abord ce dont il se plaignait.

D. Nous n'avons à parler que des faits à raison desquels l'arrêt de renvoi saisit la Cour d'assises. — R. N'équivoquons pas, monsieur le président. Je demande la permission de relire cet arrêt.

(Le prévenu en donne lecture.)

D. Je veux préciser le terrain du débat : vous êtes accusé de diffamation envers un fonctionnaire public ; ce n'est pas pour avoir diffamé un simple particulier, mais un fonctionnaire revêtu de la puissance du ministre ? — R. Je n'ai pas dit un mot dans cette lettre qui soit une accusation semblable. Ce serait la plus grande des imprudences. Est-ce que cela n'est pas assez manifeste ? Je n'ai ni dit cela ni voulu le dire.

D. Ainsi vous ne l'accusez pas de vous avoir fait arrêter ? — R. Ma lettre ne dit pas un mot de cela ; mon but était de répondre à des articles de journaux ; je n'ai connu cela que par la communication faite par l'officier qui m'interrogeait. Lorsque je fus mis en liberté, à la porte, je vis un cocher qui, entendant mon nom, me dit qu'il m'avait vu écrit dans un journal qu'il avait là. Je vis qu'on s'était occupé de moi, le Gaulois et d'autres ; je lisais que j'avais une haine implacable contre M. Jules Favre, mais il ne me convenait pas que l'on dît que j'étais compromis dans l'affaire Odiot. C'est pour cela que j'écrivis aux journaux. Je ne connaissais personne, le journal la Vérité était moins fantaisiste que le Gaulois et le Figaro ; à la lecture de ma lettre, que j'étais allé lui porter, le directeur donna un coup de sonnette, et elle parut dès le lendemain.

D. Dans votre pensée, vous n'avez pas accusé M. Jules Favre de votre arrestation ? — R. Je distingue ; je n'ai pas voulu mettre cela dans ma lettre.

D. Que signifie la fin de cette phrase : « Appétits et rancunes d'un ministre ?» — R. Cela était une réponse au journal le Gaulois ; s'il était vrai qu'abusant de la puissance publique vous m'avez fait arrêter, il ne faut pas se couvrir d'un prétexte en me considérant comme un maniaque. J'ai publié ma lettre pour que le public pût se faire juge en la lisant avec attention.

D. Vous prétendez n'avoir pas voulu accuser M. Jules Favre de vous avoir fait arrêter ? — R. Oh ! vous pouvez le croire.

D. C'était une singulière manière de prouver vos bons sentiments à l'égard de M. Jules Favre ? — R. Bons, je ne dis pas ; mais je ne me donne pas la peine de haïr M. Jules Favre.

On m'avait accusé de falsifier un acte ; j'ai, pour y répondre, publié un mémoire que je ne demande pas à lire, il est trop long, mais il y a à la suite une note dans laquelle je rappelle ces actes d'état civil.

D. Cela trahit de votre part un sentiment d'animosité très-grande. — R. J'étais en relations d'amitié avec M. Henri Didier, il s'entremit. Je demandai des réparations morales et matérielles ; après des entretiens avec M. Leblond, on proposa une transaction de mes droits ; je n'acceptai pas. On proposa ensuite un arbitrage ; j'allai voir aussi M. Grévy pour lui en parler.

D. Vous voulez introduire dans les débats des faits qui y sont étrangers. — R. Il est nécessaire que MM. les jurés sachent ce que j'ai fait ; on m'avait accusé de produire des pièces fausses, je me suis défendu en rédigeant un mémoire.

D. Vous produisez un exemplaire de ce mémoire, vous dites qu'il y en a un autre ?— R. Je demande une seule chose...

D. Vous dites que M. Didier l'a ? — R. Le mémoire fut saisi. Je ne sais s'il est au parquet.

D. Vous étiez dans une grande animosité contre M. Jules Favre, cela est constant. — R. Ces procès n'en avaient fait naître aucune. Je ne lui faisais même pas l'honneur d'avoir de l'animosité contre lui.

D. Vous étiez en relations avec M. Millière ? — R. Il ne faut pas les produire, ces relations, autrement qu'elles ne doivent l'être. Voilà la vérité. M. Jules Favre avait beaucoup d'amis au Palais, on l'a bien vu à la distribution des places au mois de septembre. On me reprochait, dans le parti républicain auquel j'appartiens toujours et auquel appartenait M. Jules Favre, d'avoir un procès avec lui. On m'en parla, je montrai les pièces de mon procès, et, dans une réunion, j'offris telle somme pour les pauvres si on ne me disait pas que le jugement devait être réformé.

Je montrai alors les actes d'état civil. On me dit : « Et vous souffrez qu'un pareil homme soit à la tête du parti républicain ! »

Un jour je reçus la visite de M. Millière, alors avocat à Dijon, chef de contentieux d'une compagnie d'assurance, ce qui n'indiquait pas un incendiaire. Il m'a demandé un exemplaire, que je lui refusai. Je n'ai pas vu Millière jusqu'en septembre 1870 ; à cette époque, on me remit le mot suivant :

« GARDE NATIONALE SÉDENTAIRE

» 208ᵉ bataillon.   XXᵉ arrondissement.

» Je viendrai voir M. Laluyé à trois heures aujourd'hui même. Il y a urgence extrême à ce que je puisse causer avec lui aujourd'hui.

» Prière instante de m'attendre à trois heures.
» Tout à vous,
» MILLIÈRE. »

Millière venait me demander mon dossier; il voulait faire chasser M. Jules Favre du gouvernement de la défense nationale. Je refusai. Mais Millière était dans la Commune du 31 octobre; il était poursuivi; il vint me revoir travesti; il me dit qu'en présence des actes qui s'accomplissaient, je devais lui remettre ces pièces. Je refusai avec énergie, malgré son insistance; il revint, je lui dis qu'il n'avait qu'à prendre copie de ces pièces au greffe. La publication du Vengeur m'est donc étrangère; je n'ai pas revu Millière depuis le jour où il est allé pour siéger à l'Assemblée nationale.

D. Toujours est-il que vous avez été signalé à M. le préfet de police comme ami de Pyat, Delescluze et Millière. On a lancé un mandat contre vous? — R. Ce n'est pas tout à fait cela. J'étais à Rueil le 1er juin, lorsqu'un commissaire s'introduisit chez moi pour faire une perquisition et pour rechercher des pièces de la Commune. Je pensais qu'il cherchait des pièces de la Commune; je fus surpris de le voir prendre un document étranger à sa perquisition, c'était une lettre de M. Henri Didier, datée de 1863; la deuxième était une lettre de M. Georges Coulon, ancien secrétaire de M. Jules Favre; bien entendu il doit être préfet quelque part; une troisième enfin, un numéro du journal l'Eclipse du 1er juin.

D. Vous êtes bien loin des faits de l'accusation? — R. Je suis attaqué. Tout galant homme a le droit de se défendre.

D. Un mandat a été décerné, le 17 mai, contre vous; il ordonne une perquisition. — R. Le commissaire me dit : « J'ai l'ordre de vous conduire à Versailles. Je ne sais si c'est une arrestation. Vous ferez toujours bien de vous munir.» Il m'a été refusé de me laisser copie de ce mandat. On me conduisit à Versailles. Après trois heures d'allées et venues, on vint me dire : « Nous vous gardons.» Je fus incarcéré à la prison. Sur ces entrefaites, on me propose d'attendre le retour de ma femme, qui était allée chercher des amis que j'ai à l'Assemblée; je refusai. Je fus incarcéré dans une cellule de punition non cellulaire : je dois dire que personne ne m'a manqué d'égards. Le motif d'écrou de l'igno ris. Des amis intervenaient. On s'adressa à M. Gaillard; il m'envoya M. Macé, commissaire, comme délégué. « Pourquoi êtes-vous ici?» me dit-il. Je répondis : « Mon dossier n'existe pas. » Il n'est pas possible de dire qu'il y avait un mandat régulier pour me rechercher. Plus tard, on arrangea tout cela.

D. Quand il vous plaira de me donner la parole.

Lecture est donnée par M. le président d'une lettre adressée par M. Valentin, le 28 juillet, à M. le procureur de la République.

M. LALUYÉ. — Oui, après le procès instruit.

D. Je rapproche cette lettre du mandat, de la perquisition faite. Il y a eu des pièces saisies à Paris, l'une est une lettre de M. Millière, non datée, et une autre adressée par un ami de Millière, signée Laborie, ou Laboir, je crois. —

R. C'est Labour, qui porte le nom d'un magistrat, voilà pourquoi je me le rappelle.

D. — Après votre arrestation vous êtes resté à Satory? — R. Non, à la prison de Versailles jusqu'au 6 juillet.

D. Vous avez comparu devant un officier de l'armée, vous avez été interrogé, puis mis en liberté par une ordonnance de non-lieu ; voilà la préface de l'affaire. — R. J'ai une simple observation à faire : la lettre de Millière est datée, car elle porte le numéro du bataillon de la garde nationale.

D. Vous avez écrit une lettre au rédacteur du Journal la Vérité; je dois vous donner connaissance de cette lettre.

M. le président donne lecture de la lettre de M. Laluyé, dont on a déjà lu le texte dans notre introduction.

Interrogatoire de Kugelmann

Vous étiez imprimeur du journal la Vérité; vous avez publié la lettre de M. Laluyé. En avez-vous pris connaissance avant l'impression? — R. Non, monsieur; il est impossible que l'imprimeur puisse surveiller tout ce qui se publie dans sa maison.

D. Vous êtes étranger; vous êtes Prussien ? — R. Non, monsieur le président, je suis naturalisé.

D. Vous avez déjà subi, pour délits de presse, de nombreuses condamnations qui auraient pu être pour vous un avertissement — R. Monsieur le président, le journal le Gaulois a, en ce moment, deux affaires...

M. LE PRÉSIDENT. — Laissons le Gaulois tranquille. On s'occupera de ces affaires quand elles viendront.

L'ACCUSÉ. — M. Jules Favre est en contradiction avec la théorie qu'il a soutenue jadis, à savoir qu'on ne devait pas poursuivre les imprimeurs pour délits de presse.

Interrogatoire de Huguet

D. Vous avez publié l'article incriminé dans l'Avenir libéral. Vous accusez M. Jules Favre d'avoir fait arrêter M. Laluyé ? — R. C'est plutôt l'opinion publique qui se préoccupait depuis longtemps des causes de cette arrestation. Au temps de la Commune, l'Avenir libéral s'était intéressé à des personnes arrêtées arbitrairement, par exemple, à M. le général Chanzy, à M. Turquet et plusieurs autres; et peut-être notre polémique aurait pu être étrangère à leur élargissement. Nous avons toujours défendu le principe de la liberté individuelle.

D. Il fallait vérifier d'abord ce qui en était, et vous commencez par affirmer que M. Jules Favre est l'auteur de l'arrestation. C'est là ce que l'accusation vous reproche. — R. Nous avons été l'écho affaibli d'autres journaux.

D. Vous avez publié le 25 mai un article où vous alléguiez votre bonne foi. Or, le 24, vous connaissiez la poursuite qui était dirigée contre vous; le 23, vous comparaissiez devant le juge d'instruction. Vous n'auriez pas accueilli si charitablement la seconde lettre, si votre bonne foi eût été entière. — R. Nous n'avons voulu ni attaquer, ni défendre M. Jules Favre ou M. Laluyé : il ne s'agissait pour nous que de la liberté individuelle, je le répète.

D. Mais il y a bien autre chose dans la lettre incriminée ; il y a des imputations sur la vie privée qui, en police correctionnelle, ne pourraient jamais être prouvées. C'est indiscutable. En définitive, qui avait donné ce renseignement si affirmatif sur cette arrestation ? — R. L'opinion publique, les journaux, tout le monde enfin.

Interrogatoire de Charvet

D. Où avez-vous pris l'article que vous avez rédigé sur un ton si affirmatif? — R. Dans les autres journaux. Je n'ai fait que dire ce que disait tout le monde, et je n'ai, moi aussi, voulu défendre que la liberté individuelle. J'ai été moi-même arbitrairement arrêté et condamné à mort ; on comprend que je regardasse à ces questions d'un peu près.

Interrogatoire de Ledouarin

D. Vous avez imprimé les deux articles incriminés dans l'*Avenir libéral?* — R. Je n'ai pas eu connaissance du texte de ces articles. Il est impossible à un imprimeur de tout vérifier.

Témoins à charge

M. BÉNARD, commissaire de police. — En vertu d'un mandat de M. le préfet de police, je me suis transporté à Rueil, chez M. Laluyé, pour faire une perquisition et saisir des pièces. Je lui ai donné connaissance du mandat, il l'a eu entre les mains ; il m'a dit n'avoir aucun papier concernant la Commune. J'ai saisi des lettres de M. Lefèvre (écrites par M. Genteur), une chanson assez ancienne ; j'ai dressé procès-verbal en présence de M. Laluyé. Il voulait faire des observations au procès-verbal, je lui ai refusé ; il m'a dit : « M. Jules Favre est un misérable, et je le dénoncerai ; ce ne sont pas des pièces concernant la Commune que vous recherchez chez moi, ce sont des pièces relatives à un procès que j'ai avec M. Jules Favre. » M. Laluyé m'a dit au cours de la conversation avoir connu M. Millière.

Témoins cités à la requête des prévenus

Mᵉ SÉNARD. — La loi n'admet que deux sortes de témoins, les témoins à charge et à décharge. Celui qui est accusé de diffamation a le droit d'entreprendre la preuve des faits prétendus diffamatoires ; donc, c'est le prévenu qui doit articuler les faits et notifier les témoins à la partie civile.

M. LALUYÉ. — Le droit de la défense est d'être entendu en dernier.

M. LE PRÉSIDENT. — Nous allons suivre l'ordre légal.

DUCASTEL, entrepreneur. — Je n'ai jamais entendu parler en mal de M. Laluyé. Quand il a été arrêté, on était très-étonné, mais on n'en savait pas le motif.

WAGNER. — Je n'ai jamais entendu parler mal de M. Laluyé. J'ai appris seulement, trois mois

après, qu'il avait été arrêté. J'ai appris, sans y attacher aucune importance, cette arrestation. J'ai assisté à une réunion publique présidée par M. Laluyé ; on y a fait des illusions *(sic)* politiques, mais c'était sans importance.

LAUNAY, docteur en médecine. — Il a à Rueil une bonne réputation ; il avait des opinions politiques avancées. L'impression, à Rueil, a été que c'était parce qu'il avait eu des communications avec M. Millière, membre de la Commune. On avait pensé que le *Vengeur* avait été inspiré par lui. J'ai été appelé un jour à donner des soins à un gendarme de l'armée de Versailles.

RAPARLIER, négociant. — Chaque fois que je suis allé chez M. Laluyé pendant la Commune, je l'ai vu chez lui plusieurs fois. Il m'a manifesté sa profonde horreur contre les gens de la Commune.

PAUL OLLIVIER. — M. Laluyé n'a organisé aucunes réunions politiques depuis le 4 septembre, il en avait présidé avant cette époque ; il était signalé comme ayant des opinions politiques avancées.

EUGÈNE CANU, blanchisseur, n'a pas eu de procès avec M. Laluyé ; il ne sait s'il s'occupait de politique.

JOSEPH CANU, blanchisseur, n'a pas eu de procès avec M. Laluyé : il allait chez lui ; il y est allé du temps de la Commune.

D. Que vous disait-il ? — R. Rien.

MM. JULES ET REBOUT FILLETTE n'ont pas eu de procès avec M. Laluyé ; ses voisins n'en ont pas eu non plus. M. Laluyé avait une bonne réputation. Rebout Fillette répond à la demande : Savez-vous s'il s'occupait de politique? — Cela n'est pas mon affaire.

LEGUEVEL DE LACOMBE, propriétaire à Rueil. — Pour moi personnellement, M. Laluyé est un parfait honnête homme ; il a toujours été un voisin commode. Je suis parti le jour de l'arrestation de M. Laluyé, 1ᵉʳ juin ; j'ai entendu dire, à mon retour, que c'était à cause de ses affaires avec M. Jules Favre. C'était environ le 15 ou le 18 juin.

RAOUT, négociant. — On m'a dit à Paris que l'arrestation de M. Laluyé était due à M. Jules Favre.

Témoins cités par la partie civile

HERBETTE, notaire à Rueil. — On savait que pendant le siége M. Laluyé avait eu des relations avec M. Millière. M. Laluyé, disait-on, des opinions très-avancées. J'ai appris son arrestation, je crois, le lendemain ; on pensait que c'était à cause de ses opinions et de ses relations avec des hommes touchant de près à la Commune. J'ai entendu dire que plusieurs officiers se seraient émus de conversations politiques qu'ils auraient entendu tenir à M. Laluyé; ils auraient dit : « C'est un homme à arrêter. »

M. LALUYÉ. — Le frère du témoin n'est-il pas secrétaire de M. Jules Favre ?

LE TÉMOIN. — Mon frère est employé aux affaires étrangères depuis sept à huit ans, il a été nommé consul, puis il est revenu à Paris ; pendant le siége il a fait son devoir dans la garde nationale, et il a été ensuite nommé secrétaire de M. Jules Favre.

M. JULES FAVRE. — Il a été en effet attaché près de moi au ministère des affaires étrangères; il ne m'a jamais parlé de M. Laluyé et, s'il m'en a parlé, ce n'est qu'après l'arrestation.

M. HERVET, maire de Rueil. — J'ai connu fort peu M. Laluyé, il n'a jamais été question de politique entre nous, nos relations étaient courtoises. Je suis parti dans le Midi le 17 mai et je suis revenu dans le courant de juin. Le commissaire de police de Rueil me dit un jour que M. Laluyé avait tenu des propos contraires à l'ordre; quand il a été arrêté personne n'a été étonné, on ne disait pas que ce fût à cause de sa brouille avec M. Jules Favre. Jamais on n'a pensé que M. Jules Favre était capable de cela.

CONOR, pharmacien: M. Laluyé passait pour avoir des opinions exagérées, son arrestation n'a pas étonné beaucoup à raison de ses opinions. Je suis établi à Rueil depuis 1850.

Mᵉ LANTIOME. — Qu'est-ce que les témoins entendent par opinions exagérées? est-ce sous l'empire ou depuis?

LE TÉMOIN. — Avant, pendant.

M. LE PRÉSIDENT. — Et actuellement?

LE TÉMOIN. — Oui, aussi.

M. PUECH, journaliste. — J'étais alors au Soir; rue de Lafayette, je vis un groupe animé dont faisait partie M. Laluyé. Sa conversation dura vingt minutes. M. Laluyé accusait le gouvernement d'être la cause de l'enlèvement des canons. M. Laluyé a été interpellé par moi; je lui dis : « Je suis surpris qu'un homme comme vous cause ainsi dans un groupe. » Voici comment je viens déposer de ce fait. Nous défendions M. Jules Favre dans le journal le Soir, je dis à M. Dragnon ce qui s'était passé.

M. CRESSON, avocat. — J'ai été préfet de police le 2 novembre 1870; j'ai quitté Paris le 11 février. Chaque jour j'ai vu M. Jules Favre, ministre de l'intérieur; je lui apportais les communications de la préfecture. Jamais, au grand jamais, M. Favre ne m'a parlé de M. Laluyé; il ne m'a pas prononcé le nom. J'ai eu à m'occuper de M. Laluyé et j'ai été chargé de faire des arrestations. J'ai eu, après le 31 octobre, à faire arrêter M. Millière; j'avais eu des indications très-précises sur le rôle de Millière le 31 octobre : j'insistai pour qu'il fût arrêté. Un jour, on m'assura qu'il était chez sa sœur, rue Blanche. Le commissaire de police se présenta, la sœur de Millière refusa d'ouvrir. Il conçut une hésitation, on hésitait alors, je donnai ordre d'ouvrir. Millière avait franchi le balcon et c'était enfui. On ne trouva que des papiers qui renfermaient la preuve de l'entente complète. Le lendemain, on annonçait dans un journal, serviteur de la Commune, qu'on avait cherché à s'emparer des papiers; ils contenaient un mémoire imprimé, et différentes notes qui, vérification faite, provenaient de la main de Laluyé, et une lettre de faire part de la mort d'une personne chère à M. Jules Favre, Mᵐᵉ Jules Favre.

Mᵉ JOLIBOIS. — De Mᵐᵉ Jules Favre.

M. CRESSON. — Je ne réponds pas à l'interruption, je répondrai au Tribunal.

Mᵉ SÉNARD. — Je constate que non-seulement on a trouvé chez la sœur de Millière un mémoire, mais la lettre de faire-part de Mᵐᵉ Favre, et messieurs les jurés voudront se rappeler que cette lettre n'a pu être envoyée directement entre les mains de Millière.

M. LALUYÉ. — M. Cresson et moi ne sommes pas inconnus; j'ai ici une lettre dans laquelle il me dit : « Veuillez donc m'envoyer mes honoraires, etc., etc. » (Murmures dans l'auditoire.)

M. CRESSON. — J'ai été chargé, en effet, étant jeune avocat, de plaider une affaire importante devant la Cour, en audience solennelle; c'est deux années après que M. Laluyé me demandait la lettre dont il a donné lecture.

Mᵉ LANTIOME. — Je tiens à montrer à la Cour que l'adresse de la lettre de faire-part n'est pas de l'écriture de M. Laluyé. Voici la lettre qui lui a été adressée, elle est de l'écriture de M. Jules Favre.

M. JULES FAVRE. — Ce n'est pas de mon écriture; c'est l'écriture de M. Maritaux, mon ancien secrétaire.

Mᵉ LANTIOME. — Non, non, non.

M. JULES FAVRE. — Je vous donne le plus formel démenti.

Mᵉ SÉNARD. — On se demande, d'ailleurs, seulement si c'est par votre intermédiaire que la lettre est arrivée à Millière?

M. LALUYÉ. — On n'envoie pas deux lettres de faire-part à la même personne.

—

Après les dépositions des témoins, l'audience est suspendue une demi-heure.

M. LE PRÉSIDENT. — J'ai fait demander le dossier au parquet. Les pièces à conviction seules ont échappé à l'incendie, et ont été trouvées chez Mᵐᵉ Fourbelle, sœur de Millière, à la suite du mémoire est une note manuscrite, est-ce de votre écriture? — R. Il y a des annotations de ma main, mais elles sont étrangères à tous ces faits. J'ai remis ce mémoire au mois de novembre. Je lui en avais déjà donné un antérieurement.

M. LE PRÉSIDENT, à M. Jules Favre. — Vous désirez donner des explications personnelles comme partie civile? Je dois vous demander vos nom et prénoms.

Le plaignant déclare se nommer Claude-Gabriel-Jules Favre, avocat, âgé de soixante-deux ans, demeurant à Paris, rue d'Amsterdam, 91.

M. LE PRÉSIDENT. — Monsieur Jules Favre, vous ne prêterez pas serment puisque vous êtes plaignant. Vous avez la parole.

—

M. Jules Favre prend la parole au milieu d'une attention profonde, et s'exprime en ces termes :

La confession de M. Jules Favre

Je déclare d'abord être absolument étranger à la perquisition qui a été faite chez M. Laluyé et à son arrestation. Je n'ai appris cette arrestation que longtemps après. Quand j'ai lu dans l'*Avenir libéral* qu'un ministre français avait fait arrêter un citoyen français pour satisfaire ses rancunes personnelles, j'ai cru qu'il m'était impossible de garder le silence.

Comme homme public j'ai été à peu près toute ma vie l'objet d'attaques souvent atroces, que j'ai toujours dédaignées; mais je n'ai pas cru qu'il me fût, en présence d'imputations pareilles, possible de ne pas saisir la justice de mon pays, de lui demander si tout ne serait pas compromis le jour où on aurait laissé dire qu'un dépositaire public en avait abusé pour une vengeance personnelle.

Je pourrais ne rien dire de plus : c'est aux prévenus à faire la preuve des faits qu'ils ont allégués. Pour l'*Avenir libéral*, la question n'est pas douteuse. Le rédacteur en chef de ce journal est venu dire à cette barre que c'était l'opinion publique, que c'était tout le monde qui m'imputait l'arrestation de M. Laluyé. Je défie ce journal de citer une personne honorable qui puisse avoir dit cela. Il est vrai que M. Laluyé est à côté de lui. Il prétend qu'il ne m'impute pas son arrestation. Il est clair pour moi qu'il m'en accuse; il y a de sa part une conspiration pour détruire mon honneur.

Je souffre cruellement, messieurs, je n'ai pas besoin de vous le dire. Je vais vous faire ma confession, messieurs, et j'y serai contraint par un homme qui avait tous mes secrets, auquel je n'ai rien caché, par un ami enfin! C'est lui qui a cherché le moyen de me déshonorer, qui a voulu déshonorer les objets si chers de mon affection!

Je connaissais bien la perversité de cet homme, mais je ne croyais pas qu'elle pût aller si loin.

Je vais, je vous l'ai dit, messieurs, vous faire ma confession. Je parlerai devant vous, messieurs les jurés, comme je parlerais devant Dieu.

C'est vrai, il y a plus de trente ans, j'étais jeune; j'ai connu une femme qui était séparée de son mari. Je l'ai aimée passionnément. Nous avons passé quinze ans dans une retraite absolue, bien que je fusse déjà un avocat commençant à être connu, et que j'eusse conquis au Palais quelques amitiés dont je m'honore.

Ma maison était fermée, et je savais que si j'obéissais au courant de mon cœur, il y avait dans ma situation quelque chose d'irrégulier.

J'en ai cruellement souffert, et plus cruellement encore celle à laquelle Dieu a fait la grâce de l'enlever de ce monde, pour la soustraire aux infamies dont je suis aujourd'hui la victime.

Nous vivions donc ainsi, louant chaque été une maison de campagne dans un complet isolement.

Cependant la vie publique vint à moi, car ce n'est pas moi qui ai été à elle. Je continuais d'aimer avec passion ma profession, et je l'aime encore. Je n'y ai jamais cherché que le moyen de rendre des services, et, aujourd'hui que je suis près de ma fin, je déclare que volontairement je n'ai jamais fait de mal à personne.

Un enfant me naquit; ma pauvre amie, lorsque je la connus, en avait un déjà, une fille, qui était élevée chez son grand-père.

Je n'ai pas cru qu'elle dût être séparée de sa mère; je l'ai élevée, et, quand elle s'est mariée, M. Laluyé a eu raison de dire, je l'ai appelée ma fille, c'est vrai.

Je n'ai pas voulu reconnaître d'abord mon premier enfant; on me donnait ce conseil, non pas pour que je pusse lui laisser une plus grande fortune (je suis entré dans le monde sans fortune et j'en sortirai de même), mais pour que je pusse arriver à une adoption.

Un second enfant arriva, que je reconnus, puis un troisième.

Tout cela était dans la lettre dont M. Laluyé vous a parlé, dans cette lettre qu'il a dépecée pour en faire servir les lambeaux à ses calomnies. Eh bien! cette lettre, qu'il la montre, qu'il la lise en entier, et vous verrez qu'il a tout su et tout trahi; qu'il a connu tous mes secrets, et qu'il les a indignement violés.

Mon troisième enfant était donc né. Je commençais à être connu. Les événements politiques arrivèrent et ma retraite fut forcée bien contre mon gré. Je m'étais caché pour me soustraire aux poursuites dirigées contre moi parce que j'avais voulu résister à l'illégalité. Mes amis vinrent me trouver dans ma retraite, M. Odiot tout le premier, contre lequel M. Laluyé n'a pas craint d'insinuer cette abominable calomnie, lui qui a connu M. Odiot et moi. Il ne m'était plus possible de rester caché.

Ma famille, mes amis, furent instruits de ma situation ; elle devenait difficile. Ma pauvre amie me dit : Pour nos enfants surtout, pour leur avenir, il faut nous quitter ou vivre tout à fait ensemble.

Nous vivions à Rueil, aimés et honorés, surtout celle que j'aimais et qui répandait partout ses bienfaits ; il fallut prendre une décision et je reconnais que j'ai été coupable. J'ai présenté mon enfant à l'officier de l'état civil avec l'indication de sa paternité.

J'avais perdu la tête ; et quand cette enfant fut baptisée, ses père et mère furent désignés comme mariés.

J'arrive au procès Odiot, ou plutôt c'est le moment de vous dire que ce procès n'a jamais existé.

Je ne sais comment on ose mentir comme ment M. Laluyé, car je sais qu'il sait qu'il ment ; M. Odiot savait tout, mais il ne pénétra dans ma maison qu'en 1851. Il nous a beaucoup aimés. J'ai plaidé pour lui plusieurs procès avec le regret de n'avoir pu les empêcher.

Arrive sa maladie, et M. Laluyé, poursuivant ses calomnies, est bien près de dire que je l'ai empoisonné. M. Odiot est mort avec mes soins ; je lui ai fermé les yeux. Mais ma surprise fut extrême, quand j'appris qu'il avait institué pour ses légataires universels mes trois enfants et la fille de mon amie, Berthe, que je mariai à M. Sain, mon ami d'enfance, enlevé à la fleur de l'âge, le plus délicat, le plus exquis, le plus généreux des hommes.

Je m'étais refusé d'abord à consentir à ce mariage ; je m'y refusai pendant six mois ; mais ils s'aimaient, et je finis par y consentir.

M. Laluyé sait tout cela. Je reviens au testament de M. Odiot.

Quand j'en eus connaissance, je fus éperdu. J'avais toujours cherché à rapprocher sa famille et la mienne, et cet acte allait les diviser.

Un de mes amis, avocat aujourd'hui, avait deviné ma pensée, et, interrogé par M. Odiot sur un testament qu'il voulait faire en ma faveur, à moi, il lui répondit : « Ne le faites pas, il refuserait. »

Mais c'étaient mes enfants, mineurs, qui étaient institués. Je courus chez M. Charles Odiot, homme parfaitement honorable. Je lui dis que je voudrais tout abandonner, mais que mes enfants étaient mineurs. Je déclarai que je ferais tout au monde pour qu'une partie de cette fortune revînt à la famille du défunt. Il me remercia.

C'est alors que je retrouvai M. Laluyé, que j'avais connu au Palais comme avoué, que j'avais retrouvé aux Eaux-Bonnes en 1847. En 1852, je le revis à Bougival. Il ne vint pas chez moi ; il savait, comme tous mes amis, que je n'étais pas marié, et que je m'étais refusé le droit de pouvoir dire ces mots : « Ma femme ! »

Mais, peu à peu, il entra dans mon intimité ; il s'occupa de l'achat de ma propriété à Rueil, et, de 1852 à 1864, il n'a pas été pour moi un ami, mais le plus tendre, le plus dévoué, le plus compatissant des amis.

M. Laluyé n'a rien ignoré de ma vie, sauf ce qui concerne ma fille Geneviève. Il est bien vrai que sa femme et sa belle-mère ont été parfaites pour nous et pour ces enfants. Et ce sont eux qu'il veut aujourd'hui déshonorer !

Quand arriva le procès Odiot, j'écrivis à M. Laluyé et lui racontai la scène de l'inscription de mon enfant sur les registres de l'état civil. J'employai dans cette lettre les expressions d'un homme qui est au désespoir, sans avoir, cependant, je crois, dit que je voulusse me jeter à la mer. Mais je savais que l'homme qui se met en contradiction avec les lois de la société est coupable. Et cependant, j'avais résisté avec énergie à des conseils émanant non de M. Laluyé, mais d'autres personnes m'engageant à prendre un parti et à rompre une attache qui ne pouvait que me nuire, dans l'avenir surtout. Je me suis défendu contre ces tentations ; Dieu m'en a béni, en me donnant des enfants qui sont des anges.

Je dis donc tout à M. Laluyé. Il appela comme conseils deux avocats, MM. Didier et Bethmont. Ils furent excellents, comme alors M. Laluyé lui-même. Je le déclare ici, je lui en suis encore reconnaissant, et je n'ai pas compris le mal qu'il a voulu me faire, car, moi, je n'ai pas voulu lui en faire.

Je reviens au procès Odiot.

Nous prîmes, à cet égard, un parti, avec la bienveillance des magistrats et l'estime de la famille Odiot. On décida que j'agirais comme si j'avais des droits, et nous plaidâmes, tandis que la famille Odiot n'avait qu'à souffler sur le contrat qui était la base apparente de mes droits.

On a parlé beaucoup d'un procès de captation contre moi. Un tel procès n'a jamais existé et ne pouvait exister.

J'ai dit à la famille Odiot que j'abandonnais la moitié du legs.

M. Laluyé et tous ceux qui ont écrit sous sa dictée ont insinué que je m'étais enrichi par cette succession. On a été jusqu'à dire que je n'avais que depuis ce moment un cheval et une voiture. Les faits, je vous les ai fait connaître. M. Laluyé conviendra bien que j'ai pu gagner quelque argent comme avocat. M. Odiot est mort en 1859; dès 1853 j'avais la voiture dont parle M. Laluyé.

La part de chaque enfant dans ce legs devait être de 50,000 francs. Quand j'ai marié Berthe, elle a eu sa part, que je n'ai jamais touchée; et, en définitive, il m'est resté 100,000 francs, la part de deux de mes enfants. Voilà le millionnaire à la poursuite duquel se sont lancés les démagogues.

La liquidation de la succession Odiot fut constatée par un acte. Cet acte, c'est M. Laluyé qui s'en occupa. Il a tout fait dans l'affaire, je dois le dire, avec un zèle extrême; il avait ma procuration en blanc et tout a été réglé parfaitement.

Un procès que M. Laluyé eut avec son successeur, Me Perrin, qui était notre ami, procès qu'il perdit en première instance et en appel, fut la première cause de l'irritation de M. Laluyé contre moi. Il prétendait que M. Perrin avait, dans un appel, omis plusieurs intimés (il s'agissait d'une affaire d'eaux assez importante). M. Laluyé voulait que je déclarasse M. Perrin un malhonnête homme. Je refusai de m'associer à sa manière de voir. Il m'écrivit en douze ou treize pages une lettre d'invectives, me disant que je l'avais trahi.

C'était en 1864, nos relations furent rompues. Ce fut ensuite qu'il eut l'idée, en m'opposant un arrêt de la Cour, dans lequel il m'avait fait intervenir à l'époque de notre amitié sans que je susse de quoi il s'agissait, de venir faire des fouilles dans mon jardin, détruire les clôtures à l'établissement desquelles il avait lui-même concouru chez moi, revendiquer contre moi une portion de terrain à laquelle il n'avait point d'accès, bouleverser en un mot, en vertu de cet arrêt, toute ma propriété à l'acquisition de laquelle il avait donné tous les soins. Je dus plaider contre lui et demander à la Cour l'interprétation de son arrêt.

Je choisis comme avocat Me Leblond, l'homme le plus doux que je connaisse; je le chargeai de garder la plus grande modération.

En mon absence survint un incident d'audience. L'expédition d'un vieux acte produit au débat par M. Laluyé n'était pas conforme à l'original; il y avait un mot qui différait. M. Laluyé partit de là pour prétendre qu'on l'accusait de la surcharge, et voilà l'origine, à propos d'un bout de terrain et d'une question insignifiante de clôture, de cette perversité qui n'a connu aucune limites.

Voilà quel prétexte M. Laluyé a trouvé pour publier dans ce procès les actes d'état civil que vous connaissez, pour produire un extrait incomplet de la lettre que je lui avais écrite et arriver ainsi à son but.

Je ne pouvais croire à une telle conduite d'un ancien ami, d'un homme d'affaires (car c'est comme homme d'affaires aussi qu'il fut mêlé à l'affaire Odiot); je ne pouvais croire que, comme plaideur, il irait introduire ces actes au débat.

J'acceptai, quoique avec peine, l'arbitrage qui fut proposé pour arriver à éteindre cette triste contestation. Mais je suis absolument étranger à ce que M. Didier a pu dire ou écrire de compensation matérielle ou morale. Je dirai seulement que je consentais à terminer cette malheureuse affaire à la condition que chacun garderait les frais.

Cela ne suffit pas à M. Laluyé; il alla dès lors me diffamant partout et cherchant à s'aboucher avec tous mes ennemis politiques, entre autres avec M. Millière que je ne connaissais pas. M. Millière m'a menacé de mort pour obtenir ma démission; il a voulu me faire signer un papier contenant la promesse qu'il ne serait pas poursuivi si les choses tournaient mal. Il m'écrivit une lettre que je déchirai avec dégoût. Je le regrette aujourd'hui.

Il y avait alors incertitude dans le gouvernement sur la question de savoir si on poursuivrait les hommes qui avaient fait le 31 octobre. M. Millière me dit par trois fois : « J'ai des papiers de famille qui vous intéressent. » Il me les offrit.

Dans une circonstance où étaient en balance avec mon devoir d'homme public, de misérables attaques personnelles, et même l'honneur privé des miens, je ne pouvais hésiter : je refusai; et mes amis me considéraient comme insensé.

Depuis ce jour-là, M. Laluyé fut oublié par moi comme s'il avait cessé d'exister; je n'ai jamais parlé de lui.

J'ai été quatre mois et demi au ministère des affaires étrangères; je connaissais ses relations avec M. Millière; je pouvais l'atteindre si je l'eusse voulu. Je ne l'ai pas voulu.

Les articles du *Vengeur* ont été publiés au jour où m'étreignaient les plus cruelles angoisses, et c'est ce jour qu'on a choisi pour me traîner sur la claie.

Je ne lis rien, je ne lus pas ces articles. Plus tard, M. Laluyé fut arrêté.

J'avais été complètement étranger à cette arrestation. Je ne parlai pas encore.

Mais quand j'ai vu le parti bonapartiste et le parti communeux (car ils sont liés l'un à l'autre), quand j'ai vu ces partis m'accuser d'un fait précis, que l'*Avenir libéral* trouve tout ordinaire, tant est grand aujourd'hui l'abaissement de la moralité! j'ai cru que je devais agir.

M. Laluyé se retranchera derrière tous les subterfuges qu'il pourra imaginer. Ce n'est pas mon affaire.

Ce que j'ai cru de mon devoir, c'est de saisir la justice de mon pays, c'est de ne pas souffrir que le gouvernement de mon pays soit traîné dans la boue en laissant croire qu'un homme investi du pouvoir public, qu'un ministre a été assez oublieux de ses devoirs pour se servir de sa puissance dans l'intérêt de sa vengeance personnelle.

Messieurs, j'ai confiance dans les jurés comme dans la magistrature. C'est à vous de prononcer.

—

Pendant toute la durée de ces explications, qui produisent un grand effet sur l'auditoire, M. Jules Favre est visiblement ému ; il est obligé de s'arrêter à certains moments.

—

PLAIDOIRIE DE Me SENARD,

Avocat de M. Jules Favre.

Vous avez entendu tout à l'heure notre cher et honorable confrère Me Jules Favre ; il vous a dit que ce procès est un des actes les plus pénibles et douloureux de sa vie ; il est facile de le comprendre : toutes les indignités avaient été produites sous toutes les formes.

Un homme de cœur se soucie peu de venir occuper le public de sa personne. MM. les jurés comprennent les souffrances qu'il a dû endurer, mais il a dû céder à un devoir impérieux. Tant que l'on attaquait l'homme privé, il a laissé le champ libre à toutes les imputations, à tous les dénigrements, à toutes les calomnies; jamais il n'a demandé la protection de la loi contre des injures semblables, il ne leur a même pas donné de démentis. Mais ici il ne s'agissait plus de sa personne, il était un dépositaire de la loi, car on a osé dire et affirmer que la puissance publique dont M. Jules Favre, représentant la France, avait été revêtu, qui lui avait été donnée pour servir et défendre le pays, il l'avait mise au service de ses ressentiments personnels; on l'a accusé d'une arrestation arbitraire, abusive, illégale, et un journal répétait cela en ajoutant que la conduite de M. Jules Favre rappelait ce que, sous l'Empire et au temps des plus mauvais jours, on avait imputé à M. Billault, qui avait fait arrêter Sandon.

Voilà les exemples qu'on allait chercher.

Une telle imputation n'atteignait pas la personne privée, elle atteignait le pouvoir même, et quand elle était lancée comme celle-là, il fallait la relever, se plaindre et demander justice aux représentants du pays. C'est ce qu'a fait M. Jules Favre. Au moment où ces attaques étaient dirigées contre lui, il avait annoncé l'intention de se retirer; sa démission était suspendue par les instances réitérées de l'homme éminent élu par vingt-six départements, et nommé arbitre des destinées de la France. Lorsque M. Jules Favre s'est retiré, il lui a adressé une lettre, qui dépeint son caractère si conciliateur et si sympathique, et, en même temps, elle contient une appréciation sur toute la vie politique de M. Favre.

M. Favre a jugé qu'il était plus que jamais de son devoir de rendre intact, avec la preuve qu'il ne l'avait jamais compromis, le pouvoir dont il était dépositaire. Voilà sous l'empire de quels sentiments il a agi, lors de ses plaintes déposées le 20 et le 22 juillet.

Ma pensée avait été de limiter mes explications à l'accusation portée contre le ministre, aux termes où l'arrêt de renvoi a limité lui-même cette accusation d'abus de pouvoir.

Je venais donc à l'audience avec cette pensée, mais l'interrogatoire a étendu le cercle du débat sur des points accessoires. Je veux en débarrasser la cause. Ces faits ont été d'ailleurs trop indiqués pour qu'il ne soit pas nécessaire d'en parler, et je vous apporte des preuves de nature à ne laisser aucun doute dans votre esprit.

M. Favre vous a dit que jamais un plaideur n'avait songé à mêler à un débat civil des faits d'intérieur, une femme, des enfants. M. Laluyé se serait exaspéré à l'occasion d'un incident d'audience pour paroles prononcées par M. Leblond.

C'est une cause, cela est vrai, mais ce n'est pas la seule; la première a eu pour objet le procès dirigé contre son successeur M. Perrin. C'était un détestable procès, j'ai droit de le dire avec l'arrêt de la Cour en mains, et il l'était d'autant plus que M. Laluyé avait tout mis en œuvre pour déshonorer et ruiner son prédécesseur. M. Jules Favre était intervenu entre les parties autant qu'il le pouvait, voilà le premier grief. De là, animosité de M. Laluyé; M. Jules Favre lui écrit toutefois, et dans sa lettre, lui qui oublie le bien qu'il a fait exagère les services rendus, il lui dit : Vous avez été si bon, si excellent, c'est impossible de voir se rompre ces liens qui ont été pour tous deux si pleins de charme !

Une autre cause est indiquée par M. Laluyé pour expliquer son animosité contre M. Favre. Cette cause, ce sont les procès qu'il a soutenus contre lui.

Il y a, messieurs, un dicton latin qui dit : Semel mendax, semper mendax. Je crois qu'il va se vérifier ici à l'égard de M. Laluyé. A l'entendre, il a toujours et partout battu M. Favre.

Voyons un peu. A un certain moment, M. Laluyé eut un procès sur une question de propriété. Il supposa que, s'il faisait intervenir M. Favre dans sa cause et que M. Favre vînt y reconnaître les droits qu'il prétendait, il trouverait, lui, Laluyé, un puissant appui moral dans cette intervention, et qu'elle serait une consécration de ses prétentions. M. Favre, son ami, consent à intervenir. Il prend, sans même le vérifier, les conclusions que M. Laluyé lui propose; acte en est donné à la Cour, et attendu que M. Favre reconnaît les droits de Laluyé, la Cour fait gagner à Laluyé son procès.

A deux mois de là M. Jules Favre est fort étonné de trouver, en revenant d'un voyage, son jardin bouleversé, coupé par des tranchées. Les ouvriers qu'il y trouve travaillant lui disent que c'est M. Laluyé qui a donné des ordres à cet égard, et M. Laluyé répond à la lettre toute gracieuse, dans laquelle M. Jules Favre lui demandait des explications, qu'il exerce son droit, qu'il exécute M. Favre comme les autres, en vertu de l'arrêt de la Cour; et la Cour rejette la demande en interprétation de l'arrêt formé par M. Favre attendu ses conclusions précédentes, reconnaissant les prétentions de M. Laluyé.

Or, ces conclusions, c'était l'œuvre de qui ? De M. Laluyé lui-même; nous en avons retrouvé la minute dans l'étude de l'avoué.

M. Favre les avait signées de confiance. C'est là ce que M. Laluyé appelle avoir battu M. Favre. Voilà le premier procès.

J'arrive au second : M. Laluyé assigne M. Favre le 29 août 1865 en suppression de plantations et constructions, en déclaration de servitude.

Je ne vous dirai pas les détails de l'affaire, je ne vous dirai même pas les motifs du jugement.

Voici seulement son dispositif : « Déclare Laluyé mal fondé en sa demande, l'en déboute, déclare Jules Favre propriétaire exclusif de..... et condamne Laluyé aux dépens envers Jules Favre. »

Voilà comment M. Favre est battu. Il est vrai que M. Laluyé n'est encore qu'au premier degré de juridiction; mais si M. Favre est battu en appel, comme vous venez de voir qu'il l'a été en première instance, que penser des affirmations de la lettre de M. Laluyé ?

Il y avait au procès une vieille transaction de 1746, où il s'agissait de douze pieds de terrain. Voilà le point de départ, Messieurs, douze pieds de terrain ! Et vous savez où M. Laluyé en est arrivé en partant de là.

Chacun des adversaires avait une expédition de cet ancien acte, mais dans une certaine phrase l'une des deux expéditions portait le mot mesure, l'autre le mot même, écrit suivant la vieille orthographe mesme. Ce mot se trouvait, sur l'expédition produite par M. Laluyé, surchargé, et de mesme on avait ainsi fait mesure, ce qui faisait gagner le procès de M. Laluyé.

Que penser de cela, sinon qu'un clerc ou toute autre personne avait imaginé cette malheureuse correction.

M. Laluyé se plaint tout de suite qu'on l'accuse d'être un faussaire ! Incident, scène d'audience, jugement qui tranche la difficulté en repoussant la version du mot mesure qui ne figurait pas sur la minute, et qui n'était nullement en rapport avec le fond de la convention. M. Laluyé perd donc son procès, et il le perd, en définitive, parce qu'il était mauvais.

Et c'est pour opposer faux à faux, dit M. Laluyé, que, dénaturant le sens légal des mots, il commence à publier, à étaler ces actes de l'état civil qu'il lui était trop facile d'avoir, c'est pour cela qu'il commence cette œuvre, qui lui sera commune plus tard avec Millière, et dans laquelle chacun de ses actes, au lieu d'être présenté comme irrégulier tout simplement, comme M. Favre vous l'a dit avec cette émotion qui vous a pénétrés, chacun de ces actes est produit comme faux. Et voilà Laluyé s'unissant à Millière de la Commune, s'unissant aux bonapartistes, trouvant partout des auxiliaires inattendus et répondant à tout : « Ah ! je suis un faussaire ! Eh bien ! M. Jules Favre aussi est un faussaire ! »

J'aurais bien l'intention de vous dire que vous jouez sur les mots, qu'il n'y a personne de faussaire, et que vous-même vous ne pourriez être un faussaire qu'autant que vous auriez eu l'intention frauduleuse, sans laquelle il n'y a point de délit.

Mais je continue.

Le mémoire qui contenait contre M. Jules

Favre ces odieuses imputations n'était pas distribué, il est vrai. Mais Millière, qui avait besoin de votre concours pour l'œuvre de sa triste politique, signe, au bas des actes que vous lui communiquez, une rédaction commune peut-être à tous deux, et, dans le *Vengeur*, écrit l'article que tout le monde connaît, et qu'il termine en s'écriant qu'en fait de faux, il est un homme devant lequel M. Jules Favre n'oserait lever la tête !

Qui peut avoir écrit cette phrase ? Vos consciences le disent : Laluyé, et Laluyé seul. Lui seul pouvait savoir cela, pouvait se croire ou feindre de se croire accusé par M. Favre ; à lui seul il pouvait convenir de se présenter comme ayant été traité par M. Favre de faussaire, car Millière n'était pas à l'audience.

Cette phrase, ne l'oubliez jamais, messieurs, cette phrase et vingt autres dans le même article dénoncent la plume de Laluyé au-dessus de la signature de Millière.

C'est lui qui a étalé l'état civil de cette malheureuse famille ; c'est lui qui a fourni les matériaux, même ceux qui n'étaient pas au casier, et jamais il n'aurait deviné de lui-même à quels bureaux, à quelles mairies il pouvait demander les actes dont il a besoin. Quelqu'un l'a instruit de tout ; et qui est-ce, si ce n'est M. Laluyé ?

Il y a là quelque chose de si hideux que la pensée permet à peine de se rendre compte d'une telle perversité.

Comment ! vous avez vu naître ces enfants ; vous étiez l'ami de cette maison ; votre femme aimait cette femme comme une sœur ; votre mère l'aimait comme une fille ! Et vous avez osé faire ce que vous avez fait ? Ah ! je le sais bien, de cruels mécomptes et de grandes douleurs attendaient cette malheureuse femme hors de la bonne voie où l'on est si tranquille ! Mais comment a-t-elle marché dans cette voie de douleurs où les circonstances la placèrent ? J'ai là deux ou trois cents lettres qui toutes attestent qu'elle a passé en répandant ses bienfaits ; qu'elle s'est consacrée tout entière à soigner l'homme de travail auquel elle avait associé sa destinée ; qu'elle a été l'ange, la Providence veillant sur son mari, sur ses enfants !

Il n'y avait pas de gens souffrants auxquels elle ne vînt en aide. Vingt, trente fois nous l'avons entendu dire : C'était une sainte ! et ceux qui le disaient étaient placés dans toutes les conditions nécessaires pour juger avec toute la rigueur voulue ces unions fâcheuses, malheureuses, contraires à la loi et à la morale.

Mais quand, après une telle déviation, nous trouvons une telle expiation, quelle est la sévérité qui ne serait pas désarmée ?

Eh bien ! messieurs, Laluyé, qui voyait la vie de cette femme, de cette Mme Julie, n'a pas craint de commencer, à propos d'une misérable question de surcharge, non-seulement à flétrir son âme, à souiller la robe blanche de ses enfants, à signaler à la France qu'ils sont le fruit d'un honteux adultère, d'une infâme bâtardise, et qu'ils ne pourront jamais conquérir un état social, à les traîner dans la boue !

Vous déclarez, monsieur Laluyé, que cette conduite est odieuse, mais vous ne pouvez vous en justifier. Vous pouvez vous donner la satisfaction de causer à M. Favre des douleurs immenses, fouiller la mémoire de cette femme, créer à ses enfants une situation pénible ; mais vous ne pouvez vous faire illusion sur la manière dont tous les hommes de cœur apprécieront vos actes.

J'arrive, messieurs, au dernier fait accessoire, à celui peut-être que Laluyé présente sous le jour le plus vicieux, et à propos duquel il fut, je puis le dire, le plus coupable. Ils ont tant fait, lui et ses auxiliaires, que les liseurs de journaux et autres s'en vont disant que M. Favre s'est approprié l'opulente succession Odiot.

M. Laluyé a trouvé à cet égard un mot joli : il a été, dit-il, dans l'affaire Odiot, le paratonnerre de M. Favre. Il était donc dans l'orage qui menaçait M. Favre ? M. Laluyé prétend nous le faire croire dans les lettres dont il découpe des fragments, mais dont il ne montre pas l'ensemble. M. Favre l'interpellait tout à l'heure à cet égard, parce qu'il le confondrait.

C'est ce qu'il a fait pour les actes de l'état civil.

C'est ce qu'il fait pour le procès Odiot, et il a soin de produire et de grouper des passages des lettres de M. Favre où il le fait apparaître frappé de crainte et de désespoir. Où était donc le péril ? Il était d'une délicatesse extrême, et vous allez le comprendre. M. Favre était ami de M. Alphonse Odiot depuis longues années ; il avait plaidé pour lui ce procès de famille qu'il avait cherché en vain à empêcher. Alphonse Odiot meurt, et M. Favre apprend qu'il a institué pour ses légataires ses quatre enfants à lui, Favre. M. Favre en est désolé. Si le testament eût eu lieu à son profit personnel, nul doute qu'il n'en eût refusé le bénéfice.

Mais le testament était fait en faveur des enfants. Il y a plus, ce testament était déposé, et toutes les précautions étaient prises pour que M. Favre ne pût ni le détruire ni en annuler l'effet.

Voilà le péril contre lequel M. Laluyé était le paratonnerre. Voilà les anxiétés, voilà les angoisses de M. Favre. Que se passe-t-il ? Ni un procès, ni une transaction. Les enfants de Mme dite Mme Julie étaient désignés dans ce testament par leurs prénoms qui sont leurs seuls noms. Il était parfaitement impossible de douter que ce fût eux que le défunt avait voulu instituer : et ni Guidou, avoué, ni Mathieu, avocat, alliés de la famille Odiot, ni aucune personne honorable ne pouvait avoir à cet égard la moindre hésitation, et ils savaient bien aussi quelle était la volonté de M. Favre quant à ce testament. Qu'arrive-t-il ? M. Favre court chez M. Odiot, l'aîné de la famille, et offre une renonciation pour moitié, ce qui est accepté avec reconnaissance. Mais les enfants étaient mineurs ; cette renonciation était-elle garantie ? La famille Odiot ne voulait pas de garantie. La parole de M. Favre suffisait.

Qui nous donne tous ces détails, tous ces moyens de défense ? La famille Odiot, dont cet homme se constitue le défenseur, et qu'il accuse M. Favre d'avoir dépouillée. Nous autres, avocats, nous nous occupons beaucoup des affaires des autres et fort peu des nôtres ; aussi

M. Favre n'a pas fait de dossier de l'affaire Odiot. Heureusement la famille Odiot n'a pas agi de même. Deux actes ont été dressés. Le premier comprend la renonciation de M. Favre, et la famille lui donne à lui-même mandat de liquider la succession ; le second acte est la liquidation même.

La renonciation est faite au nom des mineurs Favre et de Mme Sain ; et la liquidation, nous en avons la minute, elle est de la main de qui? De M. Laluyé.

Voilà l'affaire Odiot, voilà la captation, voilà les actes faux où M. Favre cherchait de criminels bénéfices.

On a crié sur tous les tons cette opulente succession. Eh bien voici les chiffres nets de la liquidation, toutes dettes payées ; l'actif est de 421,070 francs ; la moitié qui reste aux enfants est de 210,535 francs. La part de chaque enfant est de 52,634 fr. Quelques recouvrements ultérieurs l'ont élevée à 60,000 fr. environ. Voilà les millions captés par M. Favre.

J'ai épuisé, messieurs, tous les faits préliminaires du procès. J'arrive au procès lui-même, et je le formule ainsi. Vous avez accusé M. Jules Favre d'une arrestation arbitraire, d'un abus de pouvoir commis dans un but de vengeance personnelle.

Je réponds : C'est un mensonge, et je porte plainte et soumets au jury cette question exceptionnelle: En matière de diffamation, le fait dont vous accusez M. Favre, est-il vrai ou faux? Je dis exceptionnelle, messieurs, car par une exception honorable édictée par le législateur de 1819, la preuve est autorisée sur les faits relatifs aux fonctionnaires dans l'exercice de leurs fonctions.

Il y a donc deux questions au procès :

D'abord, le fait est-il diffamatoire? Cette question n'en est pas une.

Aucune accusation n'atteint plus gravement l'honneur de la partie diffamée, et entre particuliers la condamnation serait dès longtemps acquise ; mais ici, le diffamateur a le droit de faire la preuve, et, s'il y réussit, il est innocenté.

Et cela est juste : il fallait découvrir le fonctionnaire public ; il fallait permettre de formuler contre lui une imputation, pourvu qu'elle fût vraie.

Mais la loi garde toutes ses sévérités contre ceux qui ont accueilli légèrement l'imputation, contre ceux surtout qui l'ont accueillie de mauvaise foi sans pouvoir la prouver. Ceux-là, la loi les punit, non comme diffamateurs, mais comme calomniateurs.

Le diffamateur ordinaire, à qui la preuve est interdite, peut, en sortant de l'audience où il a été condamné, dire comme Galilée : E pur se muevo. Mais le calomniateur, lui, lorsqu'il perd son procès, ne peut sortir que flétri.

Me Senard donne lecture de l'article incriminé de l'Avenir libéral.

Quel que soit, dit-il, l'auteur des allégations reproduites par l'Avenir libéral, il se les est appropriées ; il en est dès lors responsable. Et ces allégations, la preuve en est impossible ; ceux qui les ont reproduites ne savent, disent-ils, d'où elles viennent, et quant à celui qui les a le premier formulées, il a nié à cette audience avoir articulé le fait diffamatoire, et par cela seul il s'en rendrait la preuve impossible.

Mais la conscience de M. Favre dépasse ces formules légales, et il ne lui suffit pas que son diffamateur succombe faute de preuves ; il veut encore que, quand vous sortirez d'ici, il soit acquis que le fait qui lui est imputé est aux, complétement faux. A cet égard, les preuves abondent.

Qui a ordonné l'arrestation de M. Laluyé? M. Laluyé a voulu faire planer le mystère à cet égard. Mais M. le président vous a lu la lettre de M. le général Valentin, préfet de police. C'est lui qui a ordonné la perquisition ; c'est lui, vous le dit encore, qui a ordonné son arrestation, en ajoutant que jamais M. Favre ne lui a parlé de M. Laluyé. M. Favre est donc complétement étranger à l'arrestation. L'attitude, les relations de M. Laluyé, constatées par les agents du préfet de police, ont seules provoqué cette mesure.

Voulez-vous une autre preuve ?

Elle vous est donnée par M. Cresson, préfet de police, alors que M. Favre était ministre de l'intérieur, à une époque où toutes les rancunes de M. Laluyé étaient acquises à M. Jules Favre. M. Favre n'avait qu'à faire pour que l'arrestation eût lieu ; elle n'a pas eu lieu. Et M. Cresson constate encore que M. Favre ne lui a jamais parlé de M. Laluyé.

Les causes de l'arrestation ? Mais elles sont partout. Sur quatorze témoins que vous avez entendus, il y en a un qui a présenté M. Laluyé comme un honnête homme ; sur quatorze témoins interrogés sur la cause de l'arrestation, un a bien qu'on parlait de M. Jules Favre, mais d'autres vous ont dit qu'on n'avait pas pris garde à cette arrestation ; mais MM. le docteur Launay, Leguevel de Lacombe ont presque tous ont attribué cette arrestation aux rapports de Laluyé avec Millière.

Rappelez-vous le propos de cet officier disant de M. Laluyé : « C'est un homme à arrêter; » enfin, la déposition écrite du maire de Rueil vous disant que jamais à Rueil on n'avait soupçonné M. Favre d'être pour quelque chose dans cette arrestation.

Mais le dossier même de l'information suivie contre M. Laluyé n'est-il pas la meilleure des preuves ? Ce dossier fut égaré un instant. Vous comprenez les angoisses de M. Favre, qui voulait venir devant le jury avec une de ces preuves irréfragables devant lesquelles la conscience la plus scrupuleuse est obligée de se déclarer satisfaite. Le dossier était égaré : dès lors, M. Laluyé ne pouvait-il pas attribuer à l'arrestation les causes qu'il voudrait?

Laluyé, à qui le rapporteur militaire disait que son dossier ne contenait aucunes pièces, comprit de suite ce qui en était et pensa qu'il serait dès lors maître de la situation. On ne pouvait trouver nulle part la cause de son arrestation; donc c'était M. Jules Favre qui était l'auteur de cette arrestation.

L'audience est suspendue à cinq heures, et reprise à six heures.

Mᵉ Senard, à la reprise de l'audience, aborde l'examen des pièces du dossier :

Il donne lecture d'abord du mandat d'arrestation qui vise la loi du 11 août 1849, et qui est basé sur des renseignements dont il résulterait que M. Laluyé serait le dépositaire de papiers et documents de la Commune.

M. Laluyé, dit Mᵉ Senard, était donc signalé, et signalé avec raison à la préfecture de police. Il n'y a là rien de M. Favre.

Deux commissaires sont chargés d'opérer, aux divers domiciles de M. Laluyé, car il en avait un à Rueil et trois ou quatre à Paris. L'un d'eux, M. Morel, qui a fait la perquisition, 50, rue d'Amsterdam, constate qu'il recherchait, chez M. Laluyé, un dépôt de papiers de Millière. Il ne trouve pas ce dépôt, mais il trouve cependant une lettre du 12 décembre 1870, signée d'un sieur Labour, qui lui dit qu'il a couru toute la journée « pour notre cher M. Millière. »

Une autre lettre saisie, datée du 25 février 1871, émane d'un sieur Lapie, qui lui conseille « de ne pas se jeter dans cette politique tortueuse, qui ne produit plus que des déceptions amères. »

C'était effectivement le moment où commençaient à être déçus tous ceux qui avaient cherché dans la Commune, qui y avaient cherché des illusions décevantes.

Il y a aussi le petit billet de Millière, que vous connaissez : « Je voudrais voir M. Laluyé aujourd'hui à trois heures. Il y a urgence extrême. Prière instante de s'y trouver. » Ce billet n'a point de date. Le fait qu'il est écrit sur du papier à tête du 208ᵉ bataillon ne saurait établir qu'il est antérieur à la dissolution de ce bataillon.

Ce qui subsiste, c'est que pour M. Laluyé et ses amis Millière était : « Leur cher Millière. »

Le même jour, des documents bien plus importants étaient saisis à Rueil, qui révèlent sur les gens de la Commune la pensée intime de Laluyé.

M. Laluyé vous a beaucoup amusés par le récit de la manière dont il accueillait les découvertes du commissaire de police, mettant la main tantôt sur une lettre signée Lefèvre qui était de M. Genteur, tantôt sur un billet de M. Henry Didier, qui l'invitait à venir fêter la Saint-Badinguet.

Mais voici le procès-verbal retrouvé ; vous savez que M. Laluyé proteste n'avoir jamais été dépositaire de papiers de Millière, et n'avoir jamais eu de relations avec les hommes qui devinrent ceux de la Commune après le 18 mars.

Le commissaire de police saisit diverses pièces : 1°..., 2°..., et... « huitièmement » des notes manuscrites, dont la première commençait par ces mots : « A nous deux, M. J. F. », un travail à peine ébauché, a dit M. Laluyé, et où il reconnaît que M. Jules Favre n'était pas précisément recommandé à l'admiration de ses contemporains.

La vérité est que ces notes sont une réponse à un discours prononcé à la Chambre par M. Favre, dont la date donnera celle des notes. Or, le discours est du 23 mars, cinq jours après le 18 mars.

Cette séance du 23 mars fut marquante, et M. Favre y fut plus éclatant que jamais de patriotisme et d'inspiration lorsqu'il démontra l'impossibilité de pactiser avec les hommes qui avaient cherché à justifier, par d'abominables explications, l'assassinat des généraux Clément Thomas et Lecomte ; vous savez en quelles paroles éloquentes il déplora l'état de Paris égaré et livré à ces misérables.

Mᵉ Senard donne lecture des premières pages de ces notes, où les épithètes de coquin, serpent, scélérat dont la place est au bagne et non au ministère. sont prodiguées à M. Jules Favre ; en voici quelques passages :

« Le citoyen Millière, député de la Seine, a bien publié sur vous, naguères, un dossier accablant, mais c'était un jour de grande préoccupation ; on votait pour l'élection des représentants de l'Assemblée nationale ; on n'avait pas le temps de lire les journaux. Le travail du citoyen Millière semblait n'avoir , our but que de se justifier d'une de vos accusations. C'est un fait unique dans l'histoire de voir un homme chargé de crimes publics, dénoncés et prouvés, non-seulement épargné par les magistrats chargés de procéder à la répression des crimes, mais encore choisi par le chef du pouvoir exécutif pour être un de ses ministres.

» Ces hommes, grâce à la connivence des magistrats qu'ils ont corrompu, ne craignent pas de lancer contre leurs adversaires politiques tous les genres de calomnies, les appelant assassins, pillards, rebut de la société.

» Le meilleur moyen d'en finir avec eux, c'est de faire procéder à une instruction judiciaire et loyale sur leurs crimes. »

Voilà, Messieurs, continue Mᵉ Senard, ce qui a été saisi au domicile de M. Laluyé, à Rueil ; quant à son domicile à Paris, on y saisissait la preuve de son intimité avec Millière.

Si maintenant quelque chose peut étonner, c'est l'ordonnance de non-lieu. Les amis de M. Laluyé faisaient en sa faveur des démarches pressantes. Je cite notamment : e lettre adressée le 17 juin au général Appert, par M. Genteur, ancien conseiller d'État impérial, qui désigne M. Laluyé comme républicain ardent et convaincu, mais de l'école des Jules Favre et des Grévy, très-antisocialiste et pas du tout communeux, etc. Nous savons ce qui en est.

Mᵉ JOLIBOIS. — Il y a du mépris dans le ton dont Mᵉ Senard vient de parler du Conseil d'État impérial ; il y avait dans ce Conseil des hommes qui valaient mieux que ceux qui figurent aujourd'hui à la commission qui le remplace.

Mᵉ SENARD. — C'est assurément à une préoccupation de son esprit que mon confrère vient de céder en faisant l'observation que vous venez d'entendre, messieurs. Ni mon ton, ni mes paroles n'ont pu la provoquer. Jamais d s amis au Conseil d'État impérial ; j'en ai dans toutes les opinions politiques, pourvu qu'ils soient honnêtes, et je n'avais aucun motif pour exprimer les sentiments qui me sont attribués.

M. LE PRÉSIDENT. — Laissons là cet incident.

Mᵉ SENARD. — Malheureusement le général Appert prit connaissance du dossier, et le 26 juin il répondait en ordonnant une information contre M. Laluyé, par le rapporteur du 3ᵉ Conseil de guerre, sous prévention de participation à l'insurrection, laquelle (ce sont les termes de l'ordre d'informer) paraissait suffisamment résulter de la notoriété publique et des pièces.

Le 2 juillet, nouvelle lettre de recommandation adressée cette fois au général Valentin en faveur de Laluyé, qui n'empêche pas Laluyé d'être transféré le 6 du même mois au camp de Satory. Sa personne y arriva, mais les pièces disparurent, et, peu de jours après, le 12 juillet se produisit ce fait quelque peu singulier d'une instruction commençant et finissant le même jour.

Le même jour, 12 juillet, le rapporteur se saisit de l'information, interroge le prévenu, entend un témoin, une demoiselle de vingt-six ans, professeur de piano, qui entre juste à point ce jour-là pour déposer qu'elle sait que M. Laluyé n'a jamais eu aucun rapport avec les gens de la Commune; enfin, le même jour, ordonnance de non-lieu qui rend M. Laluyé à la liberté.

J'ai fini, messieurs, et je crois que toutes les preuves sont faites. La cause de l'arrestation de M. Laluyé est connue, celle de l'ordonnance de non-lieu l'est aussi. Tout cela est dû à des faits personnels à Laluyé.

Ainsi, non-seulement la preuve des faits diffamatoires n'est pas faite, mais la preuve contraire est faite, et faite jusqu'à l'évidence. Il est absolument certain que M. Jules Favre est étranger à l'arrestation de M. Laluyé.

Messieurs, c'est la première fois qu'à Paris un délit de la presse contre un fonctionnaire est déféré au jury.

Vous ouvrirez la voie. Je sais comment vous y marcherez.

Vous serez indulgents pour les ardeurs de la polémique.

Vous ne le serez pas pour une accusation faite à froid et de mauvaise foi, pour déconsidérer le pouvoir.

Le jury sait qu'à l'heure présente il faut, pour défendre la société, un pouvoir fort et respecté.

Être sévère dans ces circonstances présentes, ce sera être juste. Et je n'ai, pour mon compte, aucune hésitation sur ce que sera votre verdict.

Après cette plaidoirie, l'audience est suspendue à sept heures du soir; elle est reprise à huit heures et demie.

M. l'avocat général Hémar a la parole :

CONCLUSIONS DU MINISTÈRE PUBLIC

Messieurs les jurés, vous demandez peut-être quelle peut être la nature de l'intervention du ministère public dans une affaire comme celle-ci ? Vous avez entendu Me Senard, vous entendrez tout à l'heure Me Jolibois, avec cette autorité qu'il a conquise dans le sein du Conseil d'État, et les autres défenseurs des prévenus.

Il semble que tous les intérêts sont largement représentés : ce n'est pas assez que les intérêts personnels luttent entre eux, il faut que la loi, la justice, se fassent entendre, et que vous en connaissiez les exigences; c'est une parole de magistrat que je vous apporte.

Nous sommes obligés, vous et nous, à faire œuvre de justice, c'est notre devoir; je veux faciliter cette tâche et l'apprécier avec vous.

Je rechercherai d'abord s'il y a un délit, et je rechercherai ensuite les auteurs responsables de ce délit.

J'entre immédiatement en matière. Le délit à juger est un délit de presse; c'est la première fois qu'un délit de presse est porté devant vous depuis vingt ans; je vais examiner quelle est la théorie légale des délits de presse, quelle est spécialement la théorie légale de la diffamation.

Vous avez entendu dire qu'il n'existe pas de délit de presse, cela veut dire que la conception d'une pensée n'intéresse pas la société; que ce qui la blesse, c'est l'acte matériel. J'ai toujours, quant à moi, repoussé cette doctrine.

L'auteur du délit ici est, par exemple, pour la *Vérité*, M. Edouard Portalis; pour l'*Avenir libéral*, M. Huguet.

Il y a, en outre, les complices, ceux qui apportent les éléments; au premier rang est l'écrivain qui en a conçu la pensée; c'est pour cela qu'au second rang vous voyez figurer Laluyé pour la *Vérité*, Charvet Léoni pour l'*Avenir libéral*, enfin les imprimeurs. On a soutenu que ceux-ci étaient irresponsables, mais cette théorie n'a pas prévalu.

Vous savez en quoi consiste le délit de presse, un délit de diffamation est imputé au journal la *Vérité*, deux au journal l'*Avenir libéral*. La diffamation s'est produite par la voie de la presse.

Qu'est-ce que la diffamation ? Elle se constitue par la réunion de trois éléments : le premier, l'allégation d'un fait précis; le deuxième, qu'elle se soit produite publiquement; le troisième qu'elle soit de nature à toucher l'honneur; enfin, il faut l'intention méchante.

Ceci posé, j'examine la situation particulière des journaux. L'*Avenir libéral* a publié le premier l'article. On y dit que M. Jules Favre a fait arrêter Laluyé pour satisfaire sa vengeance; abusant de son autorité de ministre.

Voilà ce qu'a dit ce journal, il l'a dit très-énergiquement; donc le délit a été commis. Tout le monde en parlait, c'était l'opinion publique, dit le directeur de l'*Avenir libéral*, et si le rôle de journaliste était ainsi compris, ce serait étrange qu'il restât impuni. Cela ne se discute pas entre gens honnêtes. Il y en a beaucoup qui ne voient dans le journalisme qu'un commerce, il ne faut pas qu'il en soit ainsi.

On a reproché à l'*Avenir libéral* d'être un journal bonapartiste; je n'ai pas le droit de le reprocher à ce journal, car j'ai la conviction, à cette époque de transition gouvernementale, que toutes les aspirations sont libres, et moi je reconnais que toutes, pourvu qu'elles soient sincères, sont permises; vous avez à côté de vous des gens qui pourraient demander de quel droit vous critiquez un régime déchu, vous acharnant ainsi sur un régime qui a sombré sous le faix des malheurs publics.

Cela ne convient pas à tout le monde; n'attaquons pas ceux qui ont servi ce régime, parce qu'ils ne veulent plus se défendre et parce qu'ils sont malheureux.

Examinons les charges qui pèsent sur le journal la *Vérité*.

Toutes les fois que je levais les yeux sur ce

journal, je ne puis exprimer combien était grande la tristesse que j'éprouvais en voyant le nom de M. Edouard Portalis. C'était là un grand nom que nous respectons tous, et il y a un proverbe qui dit : Noblesse oblige.

Savez-vous ce que c'est la *Vérité*? un journal communeux ; il n'a pas participé aux massacres des otages, toutefois il soutenait le gouvernement qui annonçait le dessein d'accomplir ces horribles forfaits dont nous sommes les témoins. La *Vérité* était un ami prudent ; ce journal laissait percer sa couleur, il se réservait une porte de derrière. Voilà ce qu'il était, quelque chose d'ignoble, de honteux.

Passons, tout cela est triste, lamentable ; la *Vérité* a publié la lettre de Laluyé.

Qu'est-ce que Laluyé, cet homme qui donne avec tant d'outrecuidance des leçons brutales à ses adversaires? C'est ce qu'on appelle un homme taré, déclassé, rejeté comme indigne du lieu où il a été admis. Il a été condamné disciplinairement. Les notaires, les avoués, les huissiers ont des conseils qui sont chargés de maintenir les règles d'honneur de la profession. Eh bien, Laluyé a été obligé de sortir de la compagnie. Voilà les peines disciplinaires qu'il a encourues : le 26 mars 1841 il a encouru un rappel à l'ordre ; en 1843, nouveau rappel à l'ordre ; en 1847, injonction d'être plus circonspect ; dans la même année, censure ; le 18 août 1852, interdiction de l'entrée de la chambre pendant trois mois, pour oubli de la dignité personnelle et professionnelle. Cette décision a été maintenue ; il s'est pourvu contre cette décision : son pourvoi a été rejeté. En 1863, il a été condamné à une suspension de huit jours, et le mémoire publié par lui à cette occasion a été supprimé par arrêt de la Cour.

Quant à l'homme, vous avez pu en juger au cours de ces débats : à deux reprises, ses réponses ont soulevé un sentiment de dégoût auquel nous nous sommes associés lorsqu'il a parlé de la ressemblance des enfants de M. Jules Favre avec M. Odiot, et lorsqu'il a parlé de M. Cresson son attitude a été honteuse.

L'imputation d'arrestation arbitraire est-elle dans la lettre incriminée? Oui ; Laluyé prétend que non ; je ne connais rien de plus lâche que cette défense. Parce qu'un homme a, par des artifices de langage, fait comprendre ce qu'il n'a osé dire, il ne tomberait pas sous le coup de la loi ! Mais s'il n'a pas commis cette lâcheté, il en a commis assez d'autres dans cette affaire. Les termes de la lettre sont très clairs.

Les délits étant certains, ont-ils été commis avec intention mauvaise? Cela n'est pas douteux, cela ne se discute pas. Laluyé avait un moyen de se soustraire aux conséquences de cet acte abominable, c'était de faire la preuve des faits diffamatoires. L'a-t-il faite? En aucune façon, loin de là. Ce qui est constant, au contraire, c'est que son arrestation est due à son passé, à ses opinions politiques, à ses relations avec Millière, relations bien connues, très-notoires. On a trouvé dans son domicile une pièce dans laquelle M. Laluyé prend ouvertement parti pour la Commune. Est-ce le langage d'un homme qui n'est pas partisan de la Commune?

Quant aux autres, chacun d'eux n'a pu se méprendre ; ils ont compris la nature de l'acte imputé au ministre, ils en sont responsables.

Il me reste un au re point délicat à examiner. Le débat n'est pas simplement un débat juridique. Quelles sont les objections que vous pouvez rencontrer ? Quel est le devoir que notre situation nous impose ? C'est de pratiquer la loi sans la juger, sans arrière-pensée : il faut que nous agissions loyalement, légalement. Que la loi soit bonne ou mauvaise, après vingt années le jugement de ces sortes d'affaires vous est de nouveau déféré, après des essais jadis malheureux, peu importe. Vous êtes les juges les plus élevés qui existent : il n'y a pas d'arrêts plus irrésistibles que ceux qui sont assis sur vos décisions.

Il faut qu'il y ait une protection au-dessus des compétitions ardentes dont nous sommes témoins. Il faut qu'un citoyen puisse se lever et demander protection à la justice du pays.

J'examine un point plus délicat, et j'ai besoin ici de peser toutes mes paroles.

Lorsque nous jugeons la plainte de M. Jules Favre, il est impossible de nous dégager entièrement de la personnalité politique du plaignant, et je ne puis avoir pour lui toutes les complaisances qu'a eues son avocat.

Je ne puis le laisser passer sans dire ici mon intime pensée.

M. Jules Favre est un homme public, élevé aux plus hautes fonctions du gouvernement : sur les affaires politiques du temps, il a eu une influence salutaire selon les uns, désastreuse selon les autres. Lorsqu'un homme a rempli d'aussi hautes fonctions, il a des admirateurs et des détracteurs. Pour moi je ne suis ni l'un ni l'autre ; je le juge ici en magistrat, en juge ; je ne me demande pas s'il a eu une influence salutaire ou désastreuse, je fais à cet égard les réserves les plus complètes et les plus absolues.

M. Jules Favre a été ce qu'il a voulu ; il a un rôle en matière politique, mais c'est l'un de nous, il doit obtenir justice. Il y a là des obligations tellement supérieures que, quel que soit celui qui se présente devant les Tribunaux, on lui doit justice, et tant que la violence ne m'aura pas enlevé de ce siége, je me lèverai toujours pour la réclamer pour le premier comme pour le dernier de mes concitoyens. Oublions qu'il a été Jules Favre, si vous voulez.

A côté de M. Jules Favre, homme public, il y a l'homme privé ; j'en ai gémi avec lui lorsqu'il a fait devant vous ce qu'il a lui-même appelé sa confession. Hélas ! que ceci serve de leçon à d'autres ; il s'est humilié devant vous ; ces faits étaient soupçonnés de quelques-uns, ignorés du plus grand nombre. Qui les a livrés à la publicité? Laluyé, et Laluyé est doublement infâme d'avoir publié ces faits. Oui, c'est lui, il est l'auteur du scandale, ici la preuve est entière et complète. Voilà un homme que l'on prend pour confident, c'est un ami auquel on dit tout, et les grandeurs et les misères de la vie, qui en profite, qui en abuse d'une façon odieuse, pour fournir à Millière tous les renseignements.

Voilà l'ensemble de cette affaire, et maintenant vous savez ce que vous avez à juger ; j'ai rempli mon devoir, je n'hésite pas à penser qu_e

vous remplirez votre mission et que vous l'éle-
verez à la hauteur des pouvoirs dont vous êtes
les dépositaires.

PLAIDOIRIE DE Mᵉ JOLIBOIS

Défenseur de l'Avenir libéral

Au moment où je me lève devant vous, je me
sens profondément ému ; je n'aurais pas voulu
parler de moi, mais je m'y sens attiré invinci-
blement ; je veux, au début de cette plaidoirie,
exprimer hautement le sentiment qui me péné-
tre et me domine, je veux remercier M. l'avocat
général pour ses paroles si bienveillantes, qui
me rappellent un passé dont je suis fier et dont
je n'ai rien à retrancher. Mais quelque position
qu'on ait occupée, on ne descend pas quand on
peut reprendre sa place au barreau. Je viens
donc modestement, non comme un homme de
parti, mais comme un avocat, assister des prévenus. Rien, dans mon attitude et dans mes paroles, ne soulèvera d'excès et de violences qui
seraient indignes de vous, et, permettez-moi
d'ajouter, indignes de moi.

Je viens soutenir une cause juste, avec fermeté
et liberté, comme un homme convaincu, s'a-
dressant à des hommes d'honneur.

Les provocations, cependant, n'ont pas fait défaut, et dans les débats, dans la confession de la
partie civile et dans la plaidoirie, on faisait avec
intention des rapprochements contre lesquels il
faut pourtant que je proteste.

Vous entendez encore cette parole calculée,
ces habiletés de langage que l'on connaît si
bien ! Avec quelle perfidie on osait accoler les
bonapartistes aux communeux ! Oui, je proteste.

Entre l'Empire et les misérables qui ont commis tant de crimes, il n'y a jamais rien eu de
commun, vous le savez bien, et je ne relieus
votre audacieuse attaque que pour être autorisé
à user de représailles. Ah ! combien il me serait
facile de combattre la partie civile avec ses pro-
pres armes ! Je me bornerai à lui rappeler qu'au
jour où M. Jules Favre a escaladé le pouvoir, il
déclarait que Rochefort, ce fameux président de
barricade, qui va passer devant les conseils de
guerre, serait le plus sage des hommes du gouvernement du 4 septembre.

Qu'on juge des autres.

Si j'avais mission de parler au nom du parti
bonapartiste, ce n'est pas l'arrestation arbitraire
d'un modeste citoyen que je reprocherais au
gouvernement dit de la défense nationale. Ce
que je lui reprocherais amèrement, ce ne sont
pas les arrestations arbitraires, non, ce sont les
mises en liberté non arbitraires, celles-là, mais
criminelles ; c'est d'avoir rendu à la liberté
Mégy et Eudes, c'est de les avoir rendus à la
Commune, à l'incendie et à l'assassinat. Ces êtres
odieux, ce Mégy qui frappait le tas et chbsé-
dait à ses pieds les sergents de ville, ces protec-
teurs héroïques et dévoués de l'ordre social, ces
hommes courageux derrière lesquels, le 18
mars, vous vous êtes abrités pour vous replier

à Versailles quand vous abandonniez Paris à
lui-même. Voilà ce que je dirais, si j'étais
chargé de faire ici l'apologie du régime déchu. Vous qui l'avez renversé, et avez eu la
prétention de le remplacer, vous auriez dû vous
faire plus modeste et vous montrer plus généreux.

Mais, messieurs les jurés, ce qui m'a doulou-
reusement affecté, moi qui ai eu l'honneur de
porter longtemps la robe du ministère public,
ce que je veux relever avec une légitime indignation, ce sont les paroles de l'avocat de la
partie civile et de M. Jules Favre lui-même, ré-
habilitant ici même, aux pieds de la justice, en
face des magistrats, les liaisons adultères. En
entendant parler de ces anges bénis, de ces
femmes saintes..., saintes irrégulières, je retrou-
vais, je reconnaissais l'ancien collaborateur de
George Sand, et je me disais que tes corruptions ne venaient pas de l'Empire. Non,
nous avons, nous, une morale plus modeste,
plus sûre ; nous ne prisons pas si haut ces
unions

> dont l'impiété,
> À l'égal d'un malheur, craint la fécondité,

Notre morale, à nous, est plus bourgeoise, et
nous réservons nos respects pour les femmes
chastes, pures,

> et d'un tel prix,
> Qu'il soit bon d'en tirer les âmes de nos fils.

Arrière donc ces éloges et ces réhabilitations
déplacées, arrière aussi cette accusation si audacieusement lancée contre la presse par M. Jules
Favre... par M. Jules Favre ! Qui le croirait ?
« La presse, dit-il, s'est déshonorée. » Déshonorée ! Et pourquoi ? Elle que M. Jules Favre voulait si libre ! complètement libre ! Ah ! elle s'est
déshonorée, parce qu'elle a divulgué ce qu'il
appelle les secrets de sa vie privée. M. Jules
Favre avait d'autres principes quand il était au
Corps législatif le chef de l'opposition. Un jour,
M. Jules Simon s'exprimait ainsi :

« Pour moi, j'admets parfaitement que quiconque détient dans ses mains une portion quelconque des pouvoirs publics, est obligé à être et
à paraître honnête, et qu'il doit répondre de
tous les actes de sa vie privée de la même façon
et au même titre que des actes de sa vie publique. (Très bien ! très bien ! à gauche de l'orateur.)

» Nous avons besoin d'être gouvernés, admi-
nistrés et représentés par d'honnêtes gens ; nous
avons besoin de savoir qu'ils sont honnêtes ; nous
avons besoin, quand nous avons des scrupules
sur ce point, de vérifier si ces scrupules sont
légitimes, et nous ne devons pas être arrêtés par
des prohibitions légales au moment où nous
manifestons une inquiétude honorable et pa-
triotique. (Très-bien ! très-bien ! à gauche de
l'orateur.)

» Et ce que je dis pour les agents et dépositaires de l'autorité publique, je le dis aussi pour
nous, qui, cependant, ne pouvons pas être assi-
milés à des fonctionnaires. Ce n'est pas seulement de nos votes que nous sommes responsables, c'est de l'honorabilité de notre vie privée,
et je n'admets pas qu'on puisse se bien conduire
dans la Chambre, bien parler et bien voter, et

ensuite se couvrir de honte et de boue. Non, non, cela ne s'appellerait pas représenter son pays. (Nouvelle approbation sur les mêmes bancs.) »

Et quand M. Jules Simon disait encore : « Il faut qu'on puisse tout attaquer, pourvu qu'on puisse tout défendre, » le *Journal officiel* constate, et j'entends encore M. Jules Favre, transporté d'admiration, s'écrier : « Très-bien ! très-bien ! »

Autres temps, autres principes. Aujourd'hui que M. Jules Favre a pris le pouvoir, il ne veut plus que cette presse maudite s'occupe de lui ; et quand elle fait au public les déplorables confidences que vous savez et qui sont vraies, elle se déshonore !

J'entre maintenant, messieurs les jurés, dans la discussion du procès soumis à votre haute appréciation.

Je défends devant vous le journal l'*Avenir libéral*. Ce rôle n'est pas si restreint qu'il le paraît peut-être, car M. Jules Favre, qui attache son nom au premier procès de presse intenté sous le régime de liberté qu'il nous a donné, aura une fête complète ; rien n'y manque : auteur, gérant et imprimeur !

M. Jules Favre a porté plainte pour un article inséré dans l'*Avenir libéral* du 20 juillet dernier. L'arrêt de la chambre des mises en accusation nous renvoie en outre devant vous pour avoir reproduit dans notre journal la lettre de Laluyé, publiée antérieurement dans le journal la *Vérité*, et que M. Jules Favre défère aussi à la justice, comme contenant le délit de diffamation contre le ministre des affaires étrangères.

Il ne pouvait y avoir de dissentiment entre M. l'avocat général et moi sur les caractères constitutifs du délit de diffamation. Et ce qu'il importe de retenir, c'est que tout le monde ici reconnaît et proclame qu'il ne suffit pas que le fait imputé soit de nature à porter atteinte à la considération de M. Jules Favre ; il ne suffirait même pas que l'allégation qui en a été faite fût fausse, il faut encore, et cela est essentiel, qu'elle ait été portée dans une intention frauduleuse, c'est-à-dire de mauvaise foi.

Or, nous sommes-nous, vous savez déjà et au besoin nous n'aurons pas de peine à démontrer que l'*Avenir libéral* s'est cru autorisé, par un ensemble de faits précis, connus, publiés même, à exprimer l'opinion que l'arrestation de M. Laluyé ne peut être expliquée que par la haine que lui portait M. Jules Favre, par l'intérêt qu'il avait à trouver et saisir chez lui des pièces qui le compromettaient gravement.

Et d'abord, qu'est-ce que le journal l'*Avenir libéral*? Il a eu le privilège d'être relativement ménagé par M. l'avocat général, mais il devait avoir et il a eu, par compensation, le malheur d'être à peu près seul mis en cause par la partie civile. Je ne m'en plains pas et je me l'explique sans peine : c'est le naturel qui revenait. L'*Avenir libéral*, dit-on, est un journal bonapartiste ! L'attaquer violemment, c'était retourner à ces grands jours, qu'on regrette, j'en suis certain, à ces jours d'opposition et de succès, où, sans courir de danger, sans encourir de malédictions, on recueillait tant de lauriers et tant de gloire !

Mais peu importe l'opinion politique de l'*Avenir libéral*, ce qui est important et de nature à faire impression sur le jury, c'est qu'il est un journal sérieux, soutenant avec énergie les grands principes d'ordre et de gouvernement. Dans les temps troublés que nous traversons, il est une cause surtout dont il s'est fait le défenseur opiniâtre et convaincu : la cause de la liberté individuelle. Pendant le règne abhorré de la Commune, il s'est élevé courageusement contre les arrestations du général Chanzy, de M. Turquet, membre de l'Assemblée nationale, de deux commissaires de police qui avaient été aussi arbitrairement saisis et détenus. Ses efforts n'ont peut-être pas été impuissants et stériles. Les personnes que je viens de nommer ont été mises en liberté.

Depuis, et sous le gouvernement actuel, deux hommes, arrêtés dans des circonstances exceptionnelles, ont encore été l'objet de son attention et de sa sollicitude. Tous deux appartiennent à des opinions politiques différentes et bien tranchées ; et cette diversité de sentiments démontre bien l'impartialité du journal qui se voue à la défense de la liberté individuelle sans acception de personnalité ou d'opinion.

L'un de ces hommes est M. Laluyé, qui comparaît ici parmi les prévenus ; il n'est pas mon client, il est si étranger à l'*Avenir libéral*, dont il est loin de partager et d'approuver les opinions, que je n'ai pas à le défendre. Je dis ceci pour que les situations dans ce débat soient nettement fixées, et non parce que M. Laluyé a été le plus sévèrement qualifié. Je dirai même, à cet égard, que peut-être on est allé bien loin. Quand un homme dénonce des faits criminels, il ne faut pas se demander trop scrupuleusement s'il est guidé par une exquise délicatesse, mais il faut rechercher s'il dit la vérité.

L'autre est M. Lagrange. Oh ! celui-là, il est bien connu ; il a servi longtemps sous le gouvernement impérial, il était alors un des agents principaux de la préfecture de police. Actif, dévoué, intelligent, honnête, il n'en a été révoqué après le 4 septembre. Mais sa révocation n'avait pas éteint son patriotisme, et quand le gouvernement de Versailles a voulu en soit tué ! vaincu l'insurrection, M. Lagrange a pensé qu'il pourrait rendre quelques services ; connaissant les chefs communeux, ces ennemis de tous les gouvernements, il est venu pour se mettre à la disposition de son ancien collaborateur, le préfet de police actuel, colonel de la garde municipale sous l'empire. A cette démarche, on a répondu par une arrestation. M. Lagrange a été mis au secret L'*Avenir libéral* s'en est ému ; il a parlé haut et ferme. A-t-il exercé quelque influence sur l'esprit de nos gouvernants d'aujourd'hui ? Cela ne serait pas impossible, car M. Lagrange a été rendu à la liberté.

Ainsi le journal que je défends a pris en main la cause de ces deux hommes d'opinions si contraires, de M. Lagrange, le bonapartiste de vieille date, et de M. Laluyé, le républicain avancé, élevé à l'école et aux principes de M. Jules Favre. Ces circonstances indiquent à quels sentiments obéissait le journal, et démontrent déjà sa bonne foi.

Me Jolibois énonce ensuite rapidement tous les faits de nature à compléter la preuve de la bonne foi de l'*Avenir libéral*. Il raconte l'émotion produite par l'arrestation de Laluyé, dont les amis sont nombreux ; il cite entre autres M. Genteur et M. Grévy, le président respecté de l'Assemblée nationale, dit-il, parce qu'il a su tenir la parole qu'un jour il avait jetée à la face de M. Jules Favre, lui déclarant qu'il ne voulait être ni sa dupe, ni son complice. Le défenseur continue en faisant remarquer que M. Laluyé était inconnu au journal, qu'il n'a mis les pieds dans ses bureaux que vers le 20 juillet, lorsqu'après sa sortie de prison, apprenant qu'il avait été secouru par la publicité du journal, il est venu remercier le directeur. Mais on savait que M. Laluyé avait près de soixante ans, qu'il n'avait pas été pris les armes à la main, qu'il avait été arrêté non à Paris, mais dans sa maison de campagne à Rueil ; non au jour de la victoire des Versaillais, mais huit jours après, et qu'on avait procédé à des perquisitions irrégulières, tantôt en ne lui faisant même pas signer les procès-verbaux, tantôt en pratiquant ces perquisitions en son absence. Enfin M. Laluyé a une telle situation de fortune qu'il était impossible de le ranger parmi les communeux. On ne peut pas partager quand on est propriétaire de l'ancien château du cardinal de Richelieu ; les partageux veulent prendre, mais ne pas donner.

Et c'est cet homme cependant, s'écrie Me Jolibois, qui a été saisi chez lui, enlevé à Versailles, transféré à Satory, et qui est resté pendant quarante-cinq jours au secret. Au secret ! Ah ! que je voudrais, messieurs les jurés, trouver les accents de M. Jules Favre, peignant et dramatisant les tourments de ce malheureux prisonnier, soustrait tout à coup à ses affaires, à ses affections, à sa famille, abandonné à la solitude qui désespère, à l'isolement qui tue ! Oh ! je l'entends encore quand il dénonçait à la tribune du Corps législatif ces tortures, et que, demandant la révision de notre Code d'instruction criminelle, il réclamait pour chaque détenu la possibilité d'appeler et de recevoir les conseils d'un avocat. Eh bien ! sous le gouvernement de M. Jules Favre, on passe quarante-cinq jours au secret, on ne sait pas pourquoi on est arrêté, et quand la porte de la prison s'ouvre enfin, on ne sait pas davantage pourquoi on est délivré.

Un journal qui a pris à tâche de défendre, comme je l'ai déjà dit, la liberté individuelle, pouvait-il garder le silence en présence de ces faits ? Non-seulement il avait le droit de parler, c'était son devoir. Il aurait manqué à sa mission s'il n'avait averti tout à la fois le gouvernement et l'opinion que la prétendue complicité de M. Laluyé avec la Commune était le prétexte et non la cause véritable de son arrestation.

Voilà ce qu'on savait, ce qu'on disait partout pendant que M. Laluyé était prisonnier. La bonne foi du journal ne peut donc être contestée. Mais j'ai voulu que la démonstration fût complète, s'il était possible ; j'ai pris et feuilleté chacune des pièces qui composent le dossier, et, après cet examen, je suis resté pleinement convaincu, car j'y ai fait des découvertes significatives.

Qu'a-t-on saisi chez M. Laluyé à Rueil ? D'abord le brouillon d'un factum, ou plutôt le premier jet d'un écrit intitulé : « A nous deux, M. Jules Favre ! » le nom de M. Jules Favre, c'est surtout ce qui sollicite et fixe l'attention du commissaire de police ! Quelle est donc la valeur et la portée de cet écrit à peine ébauché ? Me Senard l'a élevé à la hauteur d'une preuve accablante contre M. Laluyé, celui qui a écrit ces choses est un insurgé, ce ne peut être qu'un communeux ! Et pourquoi ? Parce que l'écrit est dirigé contre le discours prononcé le 23 mars à l'Assemblée nationale par M. Jules Favre, discours qui a soulevé tant d'acclamations, et qui soutenait avec tant d'énergie et d'éloquence la grande cause de l'ordre. J'en demande bien pardon à Me Senard ; mais on peut, sans être communeux, partageux ou insurgé, ne pas avoir le moindre enthousiasme pour ce discours si vanté.

Je tiens d'autant plus à cette opinion que moi, qui ne veux à aucun prix être compromis avec les hommes ni dans les choses de la Commune, je ne crains pas de dire pourtant que ce discours m'a fait éprouver la plus pénible impression, et cependant j'ai fait mieux que de le lire, je l'ai entendu prononcer. Si bien écrit, si bien pensé, si bien dit qu'il ait été, je ne pouvais m'empêcher de songer au passé, je me rapprochais par la pensée le langage que tenait l'homme qui avait pris et tenait le pouvoir, de celui du même homme quand il battait en brèche le pouvoir établi et constitué par le vœu national. Comme il abdiquait sans vergogne tous ses anciens principes ! Avec quel amour il se jetait dans les bras de ceux qu'il avait combattus toute sa vie ! Je vois encore couler les larmes habituelles de l'orateur, quand, se frappant la poitrine, exprimant ses regrets, exhalant ses remords, il demandait pardon à Dieu et aux hommes. Oui ! messieurs les jurés, c'était le jour de la confession politique, nous avons eu aujourd'hui la confession privée. J'espère que l'une est aussi sincère que l'autre ; mais de ce qu'on n'admire pas le discours du 23 mars, de ce qu'on essaye de le combattre, de ce qu'on trouve un fragment d'écrit qui n'a été ni terminé, ni publié, il ne s'ensuit pas qu'on doive être arrêté. Non, ce papier n'a été saisi que parce que le nom de M. Jules Favre a attiré les regards prévenus de M. le commissaire de police, qui recherchait et ne recherchait que des pièces concernant M. Jules Favre, on ses amis.

En veut-on une preuve ? Pourquoi prend-on une lettre signée Coulon, tout à fait insignifiante et innocente ? Parce qu'elle émane d'un ancien secrétaire de M. Jules Favre.

N'est-ce pas par la même raison qu'on s'empare d'une lettre signée Henri Didier, l'ami de M. Jules Favre, datée du 13 août 1863, bien innocente aussi, mais assez curieuse, et que, j'en suis certain, on aurait su gré au commissaire de police de ne pas faire figurer à son procès-verbal. Le langage de cette lettre n'est pas de bon goût, et son style n'est pas celui d'un homme destiné aux hautes fonctions judiciaires.

A quelque opinion qu'on appartienne, on est tenu de ne parler et surtout de n'écrire qu'avec convenance quand il s'agit du nom du chef de l'État, qu'il soit empereur ou président. Or, M. Henri Didier s'invite à dîner chez « son cher Laluyé, pour le 15 août, afin de fêter la *Saint-Badinguet*. »

Oh! je comprends qu'en voyant de telles pièces, M. le préfet de police Valentin ait été mal impressionné, et que, se rappelant le souverain qui n'a pas été étranger à sa fortune militaire et administrative, il ait jugé très-sévèrement et Laluyé et ses amis, et ses anciens amis, et ses correspondants habituels.

Qu'est-ce encore que cette chanson aux expressions ordurières et ignobles? Elle a été envoyée à Laluyé par un M. Watel. Pourquoi figure-t-elle au dossier? Je ne le sais; à moins qu'on ait voulu donner l'authenticité à la déclaration qui la termine. Eh bien donc, que le public apprenne et sache que cette chanson a été improvisée au café de Suède! le rival, je crois, et le voisin du café de Madrid. Heureux cafés dans lesquels on improvise ces chansons ainsi que les préfets et fonctionnaires du 4 septembre!

M. Jolibois cite encore quelques pièces insignifiantes saisies à Rueil, et il arrive à la perquisition faite au domicile de Laluyé à Paris. Ici encore, dit-il, même préoccupation de la part du commissaire de police qui saisit. Je ne parlerai pas de la lettre signé Lapie, dans laquelle il est question d'accapareurs, de marchés conclus par le gouvernement de la défense nationale. Serait-ce par hasard une allusion aux marchés économiques du ministère du commerce du 4 septembre, restés célèbres par le nom de la belle marchande de pommes de terre Blanche Costard, qui, dans nos jours de désastres, se consolait en partageant avec ses heureux amis quelque mince bénéfice de quelque cinq cent mille francs? Pourquoi la saisie d'une lettre signée Landrin, procureur de la République en 1848, ancien représentant du peuple, homme honorable, ami commun de Laluyé et de M. Jules Favre? Il n'y a là aucune preuve de complicité avec la Commune.

Mais on a saisi à Paris quelque chose de plus, il faut le reconnaître, et l'avocat de la partie civile en a fait un grand bruit; c'est d'abord un billet au crayon émanant de Millière, et, en second lieu, une lettre d'un sieur Labour, qui parle de « notre cher Millière. » Je ne voudrais pas trop insister, messieurs les jurés; mais il faut bien que je constate que Laluyé a prouvé dans quelles circonstances étrangères à la Commune ces deux billets lui ont été adressés, et ses explications sur ce point sont restées sans réponse admissible.

Tous ici, nous restons convaincus que les relations de Millière avec Laluyé ont existé seulement pour arriver à la communication et même à la publication des fameux actes de l'état civil sur lesquels nous aurons à nous expliquer tout à l'heure. C'est précisément à cause de ce lien, qui unit Millière à Laluyé, et, par suite, à M. Jules Favre, et non à raison de complicité avec la Commune, que ces billets ont été saisis. Leur date est certaine; ils sont antérieurs au 31 octobre 1870, bien antérieurs à la Commune.

On ne saisissait donc chez Laluyé que ce qui, de près ou de loin, pouvait avoir trait à M. Jules Favre, et cela est si vrai que, si je ne redoutais d'employer de grands mots pour de petites choses, je dirais qu'il s'est trouvé providentiellement au dossier une pièce qui démontre mon assertion jusqu'à l'évidence.

Vous savez, messieurs les jurés, que quand une perquisition s'opère régulièrement, toutes les pièces mises sous la main de la justice sont relatées avec soin dans un procès-verbal; or, il existe dans le dossier une lettre signée Mérienne, qui n'est inscrite ni cotée dans aucun procès-verbal; on l'a prise chez Laluyé pourtant. Pourquoi? On ne le devine qu'après de longues et patientes recherches, et on ne comprend la présence au dossier de cette pièce, aujourd'hui quelque peu dédaignée, que quand on est parvenu à découvrir à grand'peine le mot de cette énigme. Ce mot est un nom. Le nom de M. Jules Favre. Singulier hasard qui fait qu'on prend tout ce qui peut intéresser M. Jules Favre!

On n'a donc rien trouvé chez Laluyé qui fût de nature à prouver de sa part la moindre relation avec la Commune. Rien, absolument rien! Et je suis certain de n'être pas démenti en disant que bien peu de personnes seraient en sécurité chez elles, s'il suffisait de ces prétendus indices relevés avec tant d'efforts et si peu de succès pour donner créance à des intelligences coupables avec un gouvernement insurrectionnel.

M. Jules Favre, tout le premier, serait-il bien sûr d'échapper à ce danger? Si, par exemple, les registres de l'Internationale étaient interrogés avec soin, outre des noms aujourd'hui connus, on en découvrirait peut-être bien d'autres qui ajouteraient au scandale et compromettraient ceux qui les portent.

Mais, encore une fois, de traces de complicité entre Laluyé et la Commune, il n'y en a aucune; et, en conséquence, les journaux, dans l'impossibilité de trouver une justification légale de l'arrestation de Laluyé, ont pu dire, ont dû dire que cette arrestation devait être imputée à l'homme devenu puissant, à l'ennemi de Laluyé, à celui qui avait tant d'intérêt à retrouver chez Laluyé des pièces de nature à le compromettre et à le perdre.

Cette opinion, messieurs les jurés, que j'exprime avec une complète assurance, parce que je l'ai puisée dans l'examen attentif et scrupuleux que j'ai fait du dossier de cette affaire, M. Jules Favre la partageait aussi; il savait bien que si l'on ne soumettait à votre appréciation d'autres documents que ceux que je viens d'analyser rapidement, et qui constituaient l'instruction tout entière, son procès était perdu et l'acquittement des prévenus certain. Cela est-il vrai? Une démarche bien extraordinaire, tout à fait inusitée, que je ne puis que blâmer énergiquement et que je dénonce ici, le démontre jusqu'à l'évidence. L'instruction était close, la chambre des mises en accusation avait prononcé, la situation des prévenus était irrévocablement fixée, les éléments de décision contre eux ou pour eux avaient paru suffisants et au juge d'instruction et à la Cour, mais M. Jules Favre ne les juge pas suffisants pour le succès de sa cause, et alors il s'adresse à l'honorable président de la Cour d'assises ..

M. LE PRÉSIDENT. — Je dois donner une explication : M. Jules Favre a cru de son droit de faire une déclaration; il s'est adressé au président des assises; il m'a exprimé le regret de n'avoir pas été entendu dans l'information; il désiré être entendu, je lui ai répondu : C'est votre droit, et il a fait la déclaration qui est au dossier Voilà la seule explication que je voulais donner. Ces faits se présentent journellement.

Mᵉ JOLIBOIS. — Au fond, je n'ai pas dit autre chose; M. Jules Favre, c'est-à-dire un plaignant, a cru de son droit de se faire entendre après que l'arrêt de renvoi devant la Cour d'assises était prononcé; je dis que cette démarche, que pour moi je n'ai jamais rencontrée dans ma longue pratique, démontre au moins que, dans l'intérêt de sa cause, il jugeait indispensable de faire un effort nouveau. Cette déclaration, reçue avec la plus grande impartialité, je n'ai pas besoin de le dire, par M. le président des assises, mérite, messieurs les jurés, d'être textuellement connue de vous. C'est bien la manière de M. J. Favre : expression de sentiments élevés, généreux en commençant, et puis à la fin le but se trahit et se révèle : *in caudâ venenum*. La voici :

« J'ai demandé à comparaître devant vous, parce que, quoique partie civile, je n'avais été appelé par M. le juge d'instruction; j'aurais désiré fournir à la justice des renseignements sur les faits qui ont motivé la plainte que j'ai été dans la nécessité de porter.

» Le journal *la Vérité* et le journal *l'Avenir libéral* ont publié l'un et l'autre une longue lettre de M. Laluyé qui contient les imputations les plus odieuses contre mon honneur. Je proteste énergiquement contre les faits énoncés dans ces articles. J'aurais pu mépriser, comme je l'ai fait depuis longtemps, les calomnies dont j'ai été l'objet comme homme privé, mais M. Laluyé prétend que j'ai abusé de mon autorité comme ministre pour faire procéder à son arrestation, dans le but de satisfaire mes rancunes particulières. C'est une accusation de cette nature qui atteignait l'autorité dont j'étais revêtu, mon devoir était de saisir la justice, et j'ai traduit les prévenus devant la juridiction où toute liberté leur est laissée de faire valoir leurs preuves contre moi.

» Ce que je tiens surtout à établir, c'est que je suis resté absolument étranger, soit directement ou indirectement, à l'arrestation de M. Laluyé et aux perquisitions qui ont été faites à son domicile.

» Depuis ma plainte, j'ai recueilli quelques renseignements qui pourront éclairer la justice sur les véritables causes de ces poursuites, et vengeront l'administration et la justice des attaques dirigées contre elles en ma personne.

» Je prends la liberté de vous désigner, comme pouvant vous fournir des informations utiles, MM. Hervet, maire de Rueil, Tellier, suppléant du juge de paix, Herbette, notaire, Conore, pharmacien, Cramail, ancien maire, Cherousi, docteur en médecine, et Delaunay, docteur. »

M. Jules Favre aurait pu, dit-il, mépriser, comme il l'a fait depuis longtemps, les calomnies dont il a été l'objet comme homme privé. Calomnies! ce mot n'est plus de mise, et M. Jules Favre ne peut plus l'employer après la confession que vous avez entendue. Ce qui résulte de la déclaration que je viens de lire, c'est que M. Jules Favre comprenait la nécessité de renforcer le dossier. Depuis sa plainte, il a recueilli des renseignements, cela veut dire qu'il a fait une instruction personnelle, et il daigne indiquer, avec une généreuse impartialité, les témoins que vous avez entendus, ses amis personnels.

Reconnaissons, messieurs les jurés, que là encore M. Jules Favre n'a pas été heureux. Car, si je résume leurs dépositions, elles consistent en ceci : M. Laluyé avait des opinions avancées. Opinions avancées! mais ce sont les opinions de M. Jules Favre qui, en politique au moins, est resté en parfaite communauté d'idées avec M. Laluyé. Tous ces témoins se bornent à dire, eux, les amis de M. Jules Favre, que l'arrestation de M. Laluyé n'était pas imputée au plaignant, mais aux relations que Laluyé aurait eues avec des hommes touchant ou près ou de loin à la Commune. Tous, ils ne rapportent que des on-dit, et s'il en est un qui raconte un propos direct, il consiste à rappeler que M. Laluyé a flétri devant lui les excès, les horreurs, les crimes de la Commune. Et enfin, vous n'oublierez pas qu'un autre témoin a loyalement déclaré qu'il y avait, par contre, certaines personnes à Rueil, la minorité si l'on veut, qui supposaient et disaient que les révélations du *Vengeur*, attribuées à M. Laluyé, n'étaient pas étrangères à son arrestation.

Fixons donc bien ce point important, qui domine tout ce procès, c'est que M. Laluyé, presque sexagénaire, riche, qui recueillait chez lui les gendarmes blessés, saisi non le 24 mai, mais le 1ᵉʳ juin, non pas à Paris, mais à Rueil, non dans la rue, mais dans son domicile, a été mis en prison non pour avoir été un communeux et un insurgé, et que la cause de son arrestation est toute autre.

Quelle est donc cette cause? L'autorité militaire ne pouvait le dire, elle l'a toujours ignorée, et après un premier, après un seul interrogatoire, mais, hélas! après quarante-cinq jours de secret, Laluyé était mis en liberté!

Cette cause! mais elle est dans le simple rapprochement de ces deux noms autrefois si intimes, aujourd'hui si ennemis : Jules Favre et Laluyé. Oui, M. Jules Favre avait intérêt, oui, il avait seul intérêt, et un intérêt majeur, actuel, pressant, à cette mesure extrême de l'incarcération accompagnée des perquisitions que vous savez; et aujourd'hui il n'est personne qui ne dise que si Laluyé n'avait pas connu Jules Favre, il n'aurait jamais été arrêté.

En présence de cette situation si bien constatée, quel était le droit, quel était le devoir de la presse en général, et en particulier de l'*Avenir libéral*, que j'ai l'honneur de défendre devant vous?

Les principes ne sont pas douteux; il ne faut pas les demander à la loi, à la jurisprudence; il suffit d'interroger la conscience, la morale, le sentiment intime. Oui, un journal, pénétré de sa mission, a pour premier devoir de signaler les abus d'auto ité, et si, remontant des effets à la cause, il apprend que ces abus ont été commis dans un intérêt personnel, quelque haut placé que soit le fonctionnaire, il doit le dénoncer à l'opinion publique.

Mais vous allez, dira-t-on, fouiller dans la vie privée! S'il le fallait, je dis que, même à ce prix, le journaliste devrait encore élever la voix. La vie privée, ah! je le sais mieux que personne, elle doit être respectée. J'ai en l'honneur, dans une autre enceinte, de soutenir cette thèse protectrice des citoyens, de la soutenir contre l'opinion de M. Jules Favre et de ses amis qui, alors... mais depuis. Oui, j'étais, je suis encore, et je serai jours de l'avis de l'homme d'État, philosophe et orateur, de Royer-Collard, qui a proclamé que la vie privée doit être murée. Mais, entendons-nous bien : qu'est-ce que la vie privée? c'est ce qui se passe dans le silence et le secret du foyer domestique, ce qui reste caché et enseveli dans l'ombre de la demeure du citoyen. Je ne veux pas qu'il soit permis aux regards indiscrets, aux investigations malveillantes de rechercher et de divulguer les faibles es, les fautes même de l'homme vivant dans le concubinage et même dans l'adultère.

Mais quand cet homme veut faire servir ses fautes à créer dans le monde, pour lui ou pour les siens, une situation que la loi refuse à lui et à eux, quand cet homme, avocat, jurisconsulte, et législateur, méconnaît, transgresse et viole toutes les règles qui sont le fondement de la société, et sans lesquelles elle cesserait d'exister; quand, voulant, en un mot, se constituer une famille avec des enfants adultérins, il emprunte audacieusement l'autorité et l'authenticité des actes de l'état-civil, oh! alors, il cesse d'être protégé par les lois que je rappelais tout à l'heure, et qui abritent la vie privée, car c'est lui qui avec le scandale fait la publicité. Y a-t-il, en effet, quelque chose de plus public que les registres de l'état civil? Est-ce qu'ils n'appartiennent pas à tous? Ils sont conservés dans les mairies, dans les greffes, c'est-à-dire dans les dépôts publics, où tout le monde sans exception, entendez-le bien, a le droit de les consulter, d'en prendre connaissance, d'en exiger copie.

Les registres de l'état-civil! Mais c'est la propriété publique la plus précieuse, la plus sacrée; ils sont la seule preuve, la preuve authentique de l'état de nos familles : et les Romains disaient avec raison que la constitution de la famille *interest republicæ*, ce mot ne peut déplaire à M. Jules Favre.

Il faut donc qu'ils soient sincères, et qu'au moins les énonciations qu'ils contiennent ne soient pas une violation flagrante de la loi. Tout homme qui sciemment y fait inscrire des déclarations mensongères, tout homme qui, à l'aide de ces mensonges, essaie de se créer une famille que la loi, justement impitoyable pour l'adultère, ne lui permet pas d'avoir ; tout homme qui emprunte l'authenticité et la publicité des registres de l'état-civil pour donner à des enfants un nom qui ne leur appartient pas, qui jamais même ne pourra leur appartenir : un tel homme, dis-je, a franchi par ce fait les limites qui séparent la faiblesse ou la faute de ce que le Code pénal appelle le faux et le crime.

Et cela n'est plus de la vie privée, c'est de la vie publique; chacun a le droit de le savoir, de le vérifier, chacun peut le publier.

C'est là ce qu'a fait M. Jules Favre! et comme cette conduit, que j'ose à peine qualifier, se concilie bien avec ces discours éloquents et émus sur la vertu et la pureté des mœurs, avec ces attaques si énergiques et si convaincues contre les corruptions de l'Empire!

Oui, messieurs les jurés, ces actes coupables, on a été obligé de les avouer, de les confesser devant vous, et cependant l'honorable avocat de M. Jules Favre conteste à la presse le droit d'en parler, et M. Jules Favre lui-même disait qu'en les divulguant la presse se déshonore. Et pourquoi donc, si la révélation est vraie, si les actes existent? La source de cette révélation est impure, dit-on ; Laluyé a violé les secrets qui lui ont été confiés par l'amitié. Je ne défends pas Laluyé, mais je crois que tout à l'heure son honorable avocat n'aura pas de peine à faire justice de ces reproches exagérés et qui n'ont d'autre but que de détourner l'attention du véritable point de la discussion. Peu importe d'ailleurs! Est-ce que tous les jours il n'arrive pas, surtout dans les procès criminels, que les renseignements fournis à la justice émanent de témoins dont la responsabilité n'est pas irréprochable? Peu importe, encore une fois, si les révélations, après avoir passé au creuset des investigations judiciaires, sont reconnues vraies et sincères et si la clarté qui en jaillit est si éclatante qu'elle illumine les plus aveugles et porte la lumière dans les esprits les plus timides et les plus rebelles.

Ces actes, ils existent, et leur révélation, c'est l'épée de Damoclès depuis longtemps suspendue sur la tête de M. Jules Favre. Quels sont-ils?

M. LE PRÉSIDENT. — Nous sortons du débat, Me Jolibois.

Me JOLIBOIS. — J'ai l'honneur de faire remarquer à M. le président que je ne parle que de ce dont a parlé, et avec grands détails, l'avocat de la partie civile.

M. LE PRÉSIDENT. — Vous traitez des questions qui ne sont pas soumises au jury. Au surplus, continuez votre plaidoirie, je vous arrêterai s'il y a lieu.

Me JOLIBOIS. — À cette observation je me consulte et je rentre en moi-même; j'ai la conviction d'être dans mon droit et de ne pas sortir du débat. Je ne pourrais me prêter à un simulacre de défense et je demande la permission de continuer.

C'est la possession des copies régulières des actes de l'état civil en question par Laluyé qui explique et montre l'intérêt que M. Jules Favre avait à le faire arrêter.

Les trois premiers se placent dans la période de 1815 à 1835. Tous les trois ils contiennent des déclarations mensongères, et il semble que l'auteur de ces déclarations ait senti son courage s'accroître et grandir avec le temps : la progression dans le faux s'y fait remarquer d'une manière significative.

Dans le premier, M. Jules Favre déclare la

naissance d'un enfant né de Jeanne Charmont et de père inconnu.

Or, M. Jules Favre savait, il vous l'a avoué lui-même, que le mari légitime de Jeanne Charmont vivait ; il vit encore, et il savait même le lieu de son domicile.

Dans le deuxième, déclaration d'un enfant né de M. Jules Favre et de Jeanne Charmont, non mariés.

Le mensonge s'accentue, il y a gradation.

Enfin, dans le troisième, déclaration d'un enfant né de M. Jules Favre et de Jeanne Charmont, mariés à Dijon,

Le mensonge est complet.

Ces mensonges, obstinément et sciemment accomplis, constituent de véritables faux ; c'est bien là leur caractère légal. L'avocat de la partie civile, sans y insister et pour cause, a bien tenté de soutenir le contraire ; mais je ne crains d'être démenti ni par un magistrat ni par un jurisconsulte en maintenant mon opinion. Il n'y avait pas de préjudice causé, pas d'intérêt lésé, dit-on. Comment ! mais l'intérêt de la constitution vraie de la famille, ce n'est donc pas le plus grand, le plus respectable de tous les intérêts? Celui qu'il faut sauvegarder avant tous autres, c'est l'intérêt social. Comment ! mais quand, par ces fausses déclarations, vous troublez, vous changez l'ordre des successions, ne portez-vous pas l'atteinte la plus directe aux intérêts particuliers, aux intérêts matériels ?

M. Jules Favre, toutefois, avait réussi ; ces trois actes ont plus de dix ans de date ; ils sont, suivant l'expression consacrée, couverts par la prescription, cette gardienne du genre humain, comme on la nomme, cette libératrice des malfaiteurs heureux, comme je l'appelle.

Mais M. Jules Favre, trop familiarisé avec le danger, a commis l'imprudence de faire rédiger un acte de mariage d'un des enfants en 1867, lequel contient les mêmes déclarations mensongères que celui de 1845. Il constitue un faux, et de plus il fait revivre celui commis en 1845, puisqu'il s'en est servi, sachant qu'il était faux.

Telle est la vérité légale, et en l'exposant ici, ce n'est pas pour M. Jules Favre que s'élève ma pitié ; mais je ne puis la refuser à la malheureuse femme aujourd'hui descendue au tombeau. Elle a bien expié ses fautes ! et cet acte de mariage nous révèle trop la triste situation qui lui était faite. Le jour où M. Jules Favre conduisait sa fille à la mairie, la pauvre mère restait à la maison ; et tandis que tous les titres du père, de M. Jules Favre, avocat, membre de l'Académie française et du Corps législatif, s'étalaient avec éclat sur le registre municipal, on se bornait pour la mère à une triste et brève mention, mensonge nouveau, on déclarait la mariée : *fille de Jeanne Charmont, dont l'existence est ignorée!*

Enfin, pour le couronnement de cet édifice de dissimulation et de fraude, vous vous rappelez, messieurs les jurés, cette lettre de faire part. Elle ne constitue pas un faux ; mais quels sentiments, quelle audace, quelle persistance dans le mensonge ! M. Jules Favre fait part de la mort de Mᵐᵉ Jules Favre, dont vous savez la situation légale, qui n'a jamais eu le droit de

s'appeler Mᵐᵉ Jules Favre, car son mari légitime vit encore aujourd'hui ! Et ce n'est pas assez ! Pour entretenir dans l'erreur tous ceux que les apparences et une vie commune avaient trompés, il fait intervenir toute sa famille à lui, son propre frère, tous ses parents à lui qui étaient et devaient, en vertu des lois de la pudeur la plus vulgaire, rester étrangers à cette déplorable et criminelle liaison.

Toutes ces hontes me remettent en mémoire un procès fameux, aux débats duquel j'ai assisté dans ma jeunesse : un haut fonctionnaire du gouvernement de Juillet avait aussi porté plainte en diffamation contre le journal le *Messager,* qui l'avait accusé de trafic dans la concession des lignes d'omnibus. Le siège du ministère public était occupé par un magistrat qui l'a illustré par son caractère et par son éloquence. Les faits ne pouvaient, au point de vue de la gravité, être comparés à ceux qui viennent de se dérouler devant vous. Ce n'était pas toute une famille qui avait été introduite au milieu du concubinage et de l'adultère ; mais, dans une des concessions incriminées par le journal, au milieu de noms nombreux, se trouvaient celui de la fille du fonctionnaire et celui d'une dame de Nieul, c'est ainsi que s'appelait la Blanche Costard de l'époque. Oh ! je vois et j'entends encore l'avocat général Plougoulm, du haut de son siège, tenant sous sa main le fonctionnaire qui s'était porté partie civile ; je le vois, ramassant les plis de sa robe, et désignant du doigt le plaignant téméraire, je l'entends, terminant ainsi toutes ses périodes : « Cet homme n'a pas rougi d'accoler le nom de sa fille à celui de sa concubine ; il n'a plus le sens moral ! » Et sous ces paroles terribles, le fonctionnaire a disparu. Son présent, son passé, son avenir, tout s'est anéanti, et c'est à peine si on a appris plus tard le jour de sa mort.

Et cependant il n'avait eu que des faiblesses, il n'avait commis que des fautes ; il n'était allé ni jusqu'au mensonge, ni jusqu'au faux. Ah ! tenez, quand je pense à cet acte de 1867, je ne puis m'empêcher de songer à quelles épreuves et quelles anxiétés votre plainte inconsidérée met la conscience et l'indépendance du procureur général.

M. J. Favre a été mal inspiré quand il a saisi la justice, et il était bien plus sage quand il laissait passer sans bruit et sans plainte les reproductions de l'article du *Journal de Bruxelles,* qui, en définitive, racontait tout ce qu'on nous reproche aujourd'hui d'avoir publié.

Le 5 juillet, des journaux qui ont une publicité immense, le *Gaulois* et le *Figaro,* et tant d'autres, avaient fait connaître et avaient qualifié l'arrestation de M. Laluyé.

M. J. Favre s'est tu prudemment.

Le 15 juillet, dans un article intitulé : *les Oubliettes,* l'*Avenir libéral* traite le même sujet.

Même silence de M. J. Favre.

Mais, le 20, nous annonçons la mise en liberté de Laluyé : sa proie lui échappe ; M. Jules Favre se laisse emporter par la colère, mauvaise conseillère ; il porte plainte.

Il vient ici pour obtenir un triomphe. Quoi qu'il arrive maintenant, il n'y aura rencontré qu'un jugement. Car tous sauront désormais l'intérêt qu'il avait à saisir et à faire disparaître ces expéditions accusatrices d'actes civils falsifiés dont les originaux, détruits par l'incendie, n'existent peut-être plus aujourd'hui. Et tous comprendront la véritable cause de l'arrestation de Laluyé, ccurageusement dénoncé par l'*Avenir libéral*, que M. Jules Favre ose accuser de diffamation.

M. Jules Favre se plaindre de diffamation ! c'est à n'y pas croire ! Qui donc, plus que lui, avec un redoutable talent, a répandu partout plus d'amertume et plus de fiel ! Au lendemain du 4 septembre, à peine installé à ce pouvoir si longtemps convoité, en face de l'ennemi qui approchait, que faisait donc ce vice-président du gouvernement qu'il appelait gouvernement de la défense nationale, et qui n'a rien défendu, et qui a tout compromis et tout perdu ? Il s'inquiétait peu du Prussien, qui allait étreindre et prendre notre Paris. Non ! non ! De soins plus importants il était agité, il faisait briser les serrures, enfoncer les secrétaires, voler en éclats les tiroirs et les bureaux pour y saisir une correspondance privée ; il nommait une commission chargée de faire disparaître, parmi ces papiers audacieusement soustraits, toute trace de ces demandes humblement présentées par tant de démocrates incorruptibles et austères, et toujours si généreusement accueillies ; il faisait divulguer les épanchements intimes d'une noble femme s'adressant à son mari et à son fils ; il recommandait de faire publier, ou du moins il laissait publier des notes connues, abandonnées, reconnues inexactes, mais contenant contre des hommes honorables des imputations calomnieuses. Et pour accomplir cette œuvre perverse, il empruntait les presses de l'Imprimerie nationale ; en un mot, il élevait la diffamation à la hauteur d'une institution. Ah ! si je n'avais pour la loi et pour la justice un respect profond et vrai, je vous dirais que vous avez perdu le droit de vous plaindre d'une diffamation quelconque, et qu'en cette matière vous êtes hors la loi, car vous êtes le diffamateur officiel.

Mais non, messieurs les jurés, jugez d'après la loi, d'après la justice, d'après les inspirations de votre conscience. Ne condamnez pas les écrivains courageux qui ont défendu, non sans quelque danger peut-être, la liberté individuelle ; il est bon, dans ces temps agités, de ne pas décourager ceux qui osent élever la voix. Le titre d'honnête homme n'est pas toujours une sauvegarde contre les basses dénonciations et les arrestations arbitraires.

M. LE PRÉSIDENT. — Une grande partie de la défense qui vient d'être présentée pour l'*Avenir libéral* s'applique à Laluyé. Je vous prierai, maître Lantiôme, d'abréger autant que possible.

PLAIDOIRIE DE M⁰ LANTIOME

Défenseur de Laluyé

C'est avec confiance que je vous demande, messieurs, l'acquittement de M. Laluyé.

Les proportions politiques qu'on a données à cette affaire m'effraient, et les trois heures et demie de plaidoirie de la partie civile me prouvent que le délit n'était pas aussi clairement établi. On n'a rien trouvé à la charge de M. Laluyé qui pût atteindre M. Jules Favre personnellement. Il a fallu alors faire de M. Laluyé un homme haineux et dangereux ; au point de vue politique il a fallu en faire un communeux. Ce n'est pas là le débat.

M. Laluyé vous l'a dit : il n'est plus l'ami de M. Jules Favre. Ce n'est pas la faute de M. Jules Favre, qui vingt fois dans ce débat lui a offert son amitié et reconnaît donc qu'il n'a pas démérité ; et quand je vois les autres amitiés dont s'honore M. Laluyé : celles de M. Genteur, de M. Grévy, de deux généraux et de tant d'autres personnes honorables, je me dis que, pour vouloir noircir Laluyé, on a forcé la teinte, ce qui ne vaut rien devant le jury.

M. Jules Favre prétend trouver dans la haine de M. Laluyé contre lui la cause des actes de celui-ci. Mon Dieu ! messieurs, je ne veux pas vous reparler des procès ; je ne veux pas vous faire dormir en vous lisant les arrêts qui prouvent, quoi qu'en ait pu dire Mᵉ Senard, que M. Laluyé avait gagné ses procès ; mais vous comprendrez à merveille que, dans ce Palais de Paris, où j'ai vécu longtemps, moi aussi, et qui est un grand village, l'accusation de surcharge, de faux en définitive, était de nature à froisser gravement M. Laluyé, qui s'en croyait victime, à tort ou à raison, de la part de M. Jules Favre ou de son avocat. Sa réputation d'homme et d'officier ministériel pouvait en être sérieusement compromise, et les chuchotements, les bruits qui revenaient à ses oreilles à ce sujet ne pouvaient le flatter.

Là est la vraie cause de la rupture de M. Laluyé avec M. Jules Favre ; elle date de 1864, et, remarquez-le bien, ce n'est qu'en 1869 que M. Laluyé prend les expéditions des actes de l'état civil.

A Rueil, M. Laluyé sortait peu. On voyait, au contraire, beaucoup M. Jules Favre. M. Laluyé n'était, lui, connu que de ceux qui venaient le voir. Il y avait deux opinions, deux partis en ce qui le concernait. Tout cela n'est rien.

Arrive le 4 septembre.

Arrive, plusieurs mois après, le numéro du *Vengeur*. M. Jules Favre a dit que M. Millière ou M. Laluyé c'est la même chose. M. Jules Favre se trompe. Longtemps M. Laluyé avait refusé à Millière toute espèce de documents. Il finit par lui remettre le mémoire que vous savez.

Vous voyez que les faits marchent. Nous sommes au 18 mars. Ici, je ne ferai pas de politique. Je vous dirai seulement que Laluyé, qui était resté à Paris pendant le premier siège, pendant le vrai, passa le second à Rueil, ne venant à Paris que quand il en avait besoin. Il est fort heureux pour lui, aujourd'hui qu'on le traite de communeux, qu'il ait encore un laissez-passer de l'autorité de Rueil, visé à l'état-major général, lequel laissez-passer constate que M. Laluyé était venu à Paris le 24 mai, au moment des incendies, pour savoir, et cela lui était permis, si ses propriétés à lui n'avaient pas été atteintes par ces désastres, sans quoi on affirmerait carrément qu'il était venu défendre la Commune aux abois.

On ne l'en a pas moins arrêté, et non pas au moment de la lutte, dans cette effervescence qui expliquerait, si elle ne les justifiait point, des arrestations arbitraires, mais quand il n'y a plus aucune lutte et que l'on a définitivement triomphé. Mais cela n'est pas le débat, et j'ai hâte d'y arriver.

La question, abstraction faite des antécédents, quels qu'ils soient, de M. Laluyé, qui n'ont rien à faire dans un procès de presse, la question est de savoir si M. Laluyé a pu se plaindre, sans nommer M. Jules Favre ni personne, de l'arrestation dont il a été l'objet, ou si cette plainte impersonnelle constitue une diffamation contre M. Jules Favre, parce qu'on supposerait que, dans sa pensée, M. Laluyé aurait eu en vue M. Jules Favre.

Cela revient à demander s'il est permis d'attaquer les actes du gouvernement, quand on les trouve illégaux. M. Jules Favre doit en savoir que que chose.

Je crois bien que, dans le fond, M. Laluyé s'est cru la victime de M. Jules Favre. Mais ce n'est pas la question. La question est de savoir s'il l'a dit ; et la démonstration n'en peut assurément ressortir ni des jolies découvertes du commissaire de police chargé des perquisitions, ni des quatre follicules non corrigés, non signés, non publiés, et dont l'incrimination constituerait un véritable procès de tendance sous un régime où l'on pouvait croire qu'il y avait de la liberté à revendre.

L'heure me presse, Messieurs, et je ne voudrais pas m'étendre sur les détails des abus, des illégalités dénoncés par M. Laluyé. C'est cependant le procès, car ces abus, ces illégalités c'est le fond même des plaintes consignées par M. Laluyé dans la lettre qui l'amène devant vous. Lui fera-t-on donc un crime d'avoir trouvé qu'une arrestation était légèrement basée sur des correspondances d'hommes honorables, comme M. Genteur, qui lui écrivait sa douleur devant l'effondrement de la société, et ses craintes pour l'avenir, ou, comme M. Henri Didier, aujourd'hui procureur de la République à Paris, qui, en 1863, lui parlait de la Saint-Badinguet ou de la grande armée du Mexique, ou encore, comme M. Georges Coulon, secrétaire de M. Jules Favre, qui lui rendait compte d'un procès sur une question de nullité de mariage? Trouvera-t-on étonnant qu'il ait critiqué les procédés d'un M. Morel, commissaire de police, faisant chez lui, à Paris, perquisition en son absence, en exécution de quoi? d'une note du chef de cabinet, remise audit Morel par deux agents de la police municipale. Et y a-t-il de quoi pendre ce malheureux Laluyé, parce qu'il a écrit qu'il y avait eu quelque chose d'excessif à le garder 45 jours au secret sur des indices aussi ridiculement insignifiants?

Mais des amis et bien d'autres s'étaient préoccupés de cette arrestation. M. Genteur avait écrit pour lui à M. Grévy, et le lui désignait comme un républicain du genre de M. Jules Favre.

Est-ce donc de cela qu'on lui faisait un crime? Et, alors, quand pourra-t-on être républicain?

M. Laluyé sortit enfin de sa prison : il n'était pas content du tout de ce gouvernement libéral. Il revient à Paris, il lit les journaux, il voit qu'ils s'étaient occupés de lui pendant qu'il était en prison. Pour un peu, on lui reprocherait les articles qui avaient paru pendant qu'il était au secret.

Le *Journal de Bruxelles*, après lui le *Gaulois*, le *Figaro*, d'autres encore avaient raconté son histoire ; tout le monde avait pu lire : « Le cas de M. Laluyé, ennemi de M. Jules Favre. » Sans lui demander son agrément, on avait dit ou insinué que M. Jules Favre était l'auteur de son arrestation; on avait dit beaucoup de choses sur le compte de M. Laluyé. Sa réputation pouvait en être atteinte. Il prend la plume pour la défendre, pour répondre aux articles où il était question de lui, et adresse à la *Vérité* la lettre incriminée en réponse à un article reproduit par ce journal. Il attaque le gouvernement. On m'accordera que cela s'est toujours fait aux risques et périls de celui qui attaque : cela doit pouvoir se faire encore.

Mais ce n'est pas ce qu'on lui reproche. On veut absolument qu'il ait nommé ou désigné M. Jules Favre dans sa lettre : il n'en dit pas un mot. Je me demande comment on peut diffamer quelqu'un dont on ne parle pas?

Ah! M. Jules Favre a laissé passer bien d'autres choses dans les journaux, même sur l'affaire Laluyé, et il a bien fait.

Pourquoi n'a-t-il pas évité l'orage aujourd'hui?

J'entrevoyais, quant à moi, une petite affaire toute simple, un procès de presse tout ordinaire. Je vois maintenant les grands rouages se mouvoir, les grandes passions se remuer ; je ne sais qui y gagnera.

M. Laluyé, c'est bien certain, soutient qu'on a abusé contre lui de la puissance publique. Mais pourquoi M. Jules Favre veut-il absolument être le seul auteur de cet abus? Pourquoi ne veut-il pas qu'il se partage, et qui lui prouve que c'est à lui, plutôt qu'à un autre, que s'adressent le blâme ou la plainte de M. Laluyé.

Sans doute, ceux qui n'ont pu se douter à Paris ou à Rueil, qui étaient au fait de tout ce qui s'était passé. M. Jules Favre n'est pas plus que personne, ainsi de tout le monde. Certains ont pu lire son nom sous les lignes de M. Laluyé, M. Laluyé tout le premier savait ce qu'il avait à penser. Mais où est la diffamation? L'imputation nominative et personnelle? Et, si on devait la trouver dans la lettre incriminée, ne se croirait-on pas revenu aux lettres de cachet, aux oubliettes de la pensée?

Je vous ai montré, messieurs, que l'honorabilité de M. Laluyé, que la question politique doit ici disparaître. On en avait fait les deux étais de l'édifice, qui désormais ne peut que crouler.

Je ne vous demande pas d'indulgence, messieurs, je vous demande l'acquittement pur et simple, parce qu'il n'y a aucune preuve contre M. Laluyé, et que ce n'est pas le moment, dans ces temps difficiles, de condamner comme diffamateurs ceux qui n'ont été que des victimes.

M. LE PRÉSIDENT. — La parole est à Me Gatineau, défenseur des accusés Portalis et Kogelmann. Je vous ferai, Me Gatineau, la même observation qu'à Me Lantôme. Il a été dit bien des choses qui servent à la défense de vos clients.

Mᵉ GATINEAU. — Si cette observation eût été faite à la partie civile, nous en aurions tous profité.

M. LE PRÉSIDENT. — La partie civile n'a pas parlé de Portalis. En tous cas, Mᵉ Gatineau, nous vous prions d'abréger autant que possible.

Mᵉ GATINEAU. — Je tiens d'autant moins à revenir sur ce qui a été déjà dit que je suis surpris d'avoir à défendre à cette barre M. Portalis. M. Portalis ne connaît ni M. Jules Favre, celui de l'audience, ni M. Laluyé. On ne sait ce qu'il fait au procès, la partie civile le reconnaît et le laisse sous silence.

Il faut cependant que je le dégage des attaques vives dont il a été l'objet de la part du ministère public.

Il descend de Portalis l'ancien, et il a soutenu avec honneur ce nom glorieux.

L'honorable organe du ministère public a parlé en termes élevés de l'illustration de ses ancêtres, il a été très favorable à la plainte, mais il a été très-sévère pour mon client.

Remercions-le des éloges qu'il donne à la famille de M. Portalis, mais en voyant comme il traite M. Portalis lui-même, laissons l'histoire se charger de ces éloges.

Avec son nom et sa fortune Portalis aurait pu vivre comme vivaient ces fils de l'empire, glorifiés de divers côtés de cette barre.

Il préféra, après une éducation virile, aller en Amérique étudier la liberté, et il en rapporta un livre qui fut remarqué et qui méritait de l'être. Il aborda ensuite le journalisme, non pas le journalisme dégoûtant et taré, mais le journalisme honnête et qui n'a d'autre but que de servir son pays.

Voilà l'homme; je vais vous montrer qu'il doit rester hors de ce débat.

Il n'a pris aucun parti entre M. Jules Favre et M. Laluyé, et c'est ce qui laisse à ma défense toute son énergie.

Il est question de Laluyé, pour la première fois, dans la Vérité du 6 juillet, qui reproduisait un article publié la veille dans le Figaro, lequel n'a pas été poursuivi. Le Figaro avait lui-même emprunté cet article au Journal de Bruxelles.

Cet article contient, au sujet de M. Laluyé, des énonciations attentatoires à sa réputation.

Vous remarquerez que la Vérité le public sans un mot de commentaire. L'article avait été simplement découpé par M. Portalis ou par l'employé chargé de compléter l'article infime du journal, car cet article paraît à la troisième page.

La loi écrite, comme la loi morale, imposait au journaliste l'obligation d'accepter la rectification, si elle était présentée.

Laluyé la présente, en effet.

Portalis ignorait tout: l'existence des propriétés de Rueil, la question des eaux, l'amitié de M. Jules Favre et de M. Laluyé.

Laluyé lui présente donc sa lettre. Relisez sa lettre: vous verrez que cette lettre, en treize ou quatorze points, est une réponse à l'article inséré, et rien que cela. Si, dans cette lettre, on trouve un mot permettant à quiconque n'est pas au fait de sa situation de deviner qu'il s'agit de M. Jules Favre, j'accepte la condamnation.

Aussi, Mᵉ Senard ne l'a pas lue, cette lettre;

et moi, qui connais son habileté infinie, j'en ai conclu que c'est qu'il n'y avait pas rencontré le délit.

Un dédommagement était donc dû à M. Laluyé: c'était un devoir pour Portalis.

Seulement, il trouve la lettre un peu longue; il se rappelle que la réponse à un article ne peut excéder trois fois la longueur de l'article, mais, en définitive, il se sent impartialement au-dessus de toutes ces querelles, à base misérable, je puis le dire, et il insère la réponse. Il l'insère encore sans y ajouter une seule réflexion.

Eh! bien, ne reconnaissait-il pas en cela un droit qui est sacré pour toute personne, pour celui surtout qui a été délcu et qui a été sali moralement comme physiquement, et qui demandait à se réhabiliter?

Et vous lui ferez un procès à lui Portalis, qui n'a rien pensé, rien dit, rien fait?

Mais qu'est-ce donc? Est ce de la complicité morale? Et que signifie ce mariage imposé avec un ordre d'idées et de faits auquel il a voulu être, auquel il a été complètement étranger?

M. Jules Favre n'a rien dit alors. S'il eût, lui, présenté une rectification comme il l'a fait récemment, elle eût été insérée.

Qu'y a-t-il encore?

Laluyé a écrit plus tard au journal le Soir pour faire insérer une réponse à un nouvel article. Le Soir refuse la rectification, et c'est encore la Vérité qui l'insère.

Ici encore rien qui corresponde à l'accusation.

Je ne m'arrêterai pas à défendre Portalis au point de vue politique. On aurait, certes, mauvaise grâce à lui lancer l'épithète de communeux, à lui qui, resté à Paris, a maudit la Commune dans un article qui exposa la Vérité à toutes les saisies Nous sommes restés à Paris, nous aussi, et nous savons être indulgents pour ceux qui firent de même.

M. Portalis n'aime pas le 4 septembre: c'est son droit. Mais qu'y a-t-il à sa charge contre M. Jules Favre? rien.

Il se réserve sans doute d'apprécier sa politique: mais rien de plus.

Un jour, messieurs, il a apprécié Millière, l'auteur du Vengeur. Millière est mort, mais ce n'est pas le Vengeur qui lavera sa mémoire. Cet article du Vengeur, messieurs, fut abominable. Et lorsque, le 18 février, la Vérité fit son le portrait de Millière, Portalis éleva le débat à la hauteur de sa probité, en montrant cet homme « assuré par une récente infamie du mépris et du dégoût de tous les honnêtes gens. »

Mais enfin, messieurs, l'acte de Millière était de la politique, de la détestable politique, soit, mais enfin de la politique.

Je ne dirai rien de l'acte de Laluyé.

J'ai fini, messieurs. Je ne redoute pas votre verdict à l'heure présente pour la Vérité. Je ne suis pas pour cela assez étranger aux usages judiciaires, et je connais trop bien vos religions.

Des éléments de la diffamation reprochés à Portalis, un seul fait existe: le fait matériel de la publicité; le nom, la désignation quelconque de la personne prétendue diffamée est absente. Et si M. Portalis eût refusé cette publicité, Me Jolibois eût été là pour dire au nom de Laluyé : « Quels républicains ! »

Permettez moi, messieurs, en terminant, d'associer à ma défense l'opinion de M. Thiers, et celle aussi de celui qui est notre plus grand orateur depuis la mort de Berryer (cette comparaison ne le blessera pas, j'en suis sûr), de celui qui disait en 1869 que chaque citoyen doit aux affaires publiques le sacrifice de sa personnalité, de celui qui professait alors « le plus profond respect pour les journaux. » Pourquoi faut-il qu'aujourd'hui il leur en donne la preuve en les amenant en Cour d'assises?

M. Jules Favre vous a dit, messieurs, qu'il ne voulait être jugé qu'après avoir été entendu. Eh bien, ce n'est pas devant vous qu'il aurait dû se faire entendre, c'est dans la *Vérité*.

Messieurs, nous avons besoin de liberté. Nous avons assez des journaux de scandale, de la presse immonde, des moniteurs de boudoir. Il nous faut la liberté, et la liberté n'existe que là où le citoyen est protégé.

Vingt ans d'empire nous ont conduits à Sedan. Il vaut mieux aujourd'hui chercher à régénérer le pays.

—

Après cette plaidoirie, M. le président demande aux accusés s'ils ont quelque chose à ajouter pour leur défense.

M. KUGELMANN. Je ferai seulement remarquer que le ministère public a très-faiblement incriminé les imprimeurs.

—

M. le président résume les débats et fait observer, en terminant, à messieurs les jurés qu'ils doivent laisser de côté, comme étranger à l'accusation, tout ce qui concerne la vie privée et aussi les diverses considérations politiques qui ont été présentées.

Le jury entre à une heure trois quarts du matin dans la salle de ses délibérations.

Il en sort à trois heures un quart avec un verdict négatif à l'égard de Kugelmann et Ledouarin, et affirmatif à l'égard des autres accusés, avec admission de circonstances atténuantes en ce qui concerne les accusés Portalis, Huguet et Charvet de Léoni.

M. le président prononce l'acquittement de Kugelmann et Ledouarin.

Me Perrin, avoué pour M. Jules Favre, pose des conclusions tendant à ce que la Cour lui adjuge les dépens pour tous dommages-intérêts.

La Cour se retire pour délibérer, et, au bout de vingt minutes, rend un arrêt qui condamne :

Laluyé à un an de prison et 1,000 fr. d'amende ;

Portalis, Huguet et Charvet de Léoni chacun à un mois de prison et 100 fr. d'amende ; ordonne la suppression des numéros incriminés ;

Et, statuant sur les conclusions de la partie civile, condamne, en outre, chacun des susnommés aux frais envers la partie civile.

L'audience est levée à trois heures et demie du matin.

FIN

PARIS. — IMPRIMERIE BALITOUT, QUESTROY ET Cie RUE BAILLIF, 7.